| 光明社科文库 |

威廉·华兹华斯诗歌中的语言与存在

王冬菊◎著

光明日报出版社

图书在版编目（CIP）数据

威廉·华兹华斯诗歌中的语言与存在 ／ 王冬菊著
. －－北京：光明日报出版社，2020.4
ISBN 978－7－5194－5646－7

Ⅰ.①威… Ⅱ.①王… Ⅲ.①华兹华斯（
Wordsworth，William 1770－1850）—诗歌研究 Ⅳ.
①I561.072

中国版本图书馆 CIP 数据核字（2020）第 038025 号

威廉·华兹华斯诗歌中的语言与存在
WEILIAN HUAZI HUASI SHIGE ZHONG DE YUYAN YU CUNZAI

著　　者：王冬菊

责任编辑：曹美娜　黄　莺　　　　　责任校对：陈永娟
封面设计：中联学林　　　　　　　　特约编辑：田　军
责任印制：曹　净

出版发行：光明日报出版社
地　　址：北京市西城区永安路 106 号，100050
电　　话：010-63139890（咨询），63131930（邮购）
传　　真：010－63131930
网　　址：http：//book.gmw.cn
E－mail：caomeina@gmw.cn
法律顾问：北京德恒律师事务所龚柳方律师

印　　刷：三河市华东印刷有限公司
装　　订：三河市华东印刷有限公司
本书如有破损、缺页、装订错误，请与本社联系调换，电话：010－63131930

开　　本：170mm×240mm
字　　数：185 千字　　　　　　　　印　　张：16.5
版　　次：2020 年 4 月第 1 版　　　　印　　次：2020 年 4 月第 1 次印刷
书　　号：ISBN 978－7－5194－5646－7
定　　价：95.00 元

前　言

首先，说说该研究的发端和形成。

对华兹华斯的喜爱始于在北京外国语大学读硕士期间。那时在课上阅读《序曲》第一卷"童年时代"的"瞬间""掏鸟蛋""偷船""滑冰"等叙述之后，那几行诗人对自然之神秘"精神"的描写，让我心有戚戚焉。我想，对于这个世界，也许人们都感受过她"陌生""对立"的"崇高"之美。

后来，读了史蒂芬·吉尔（Stephen Gill）著的华兹华斯传记——*William Wordsworth：A Life*，感受最深的是华兹华斯的敏感。我在那时的读书笔记里对比过华兹华斯 1790 年和 1804 年登临阿尔卑斯山的感受，还为他被批评家恶意中伤感到愤慨，似乎从中读懂了《序言》里"在沉静中回味"和《写于早春》里"人怎样对待着人"的意思。

再后来，我回到北京外国语大学读博。在《一只脚踏在伊甸园中》（*One Foot in Eden*）这本书里，读到梅茨格（Lore Metzger）称华兹华斯为"德里达式诗人"，我感到不解。一个偶然的机会，用 Kindle 阅读器试读孙周兴译的海德格尔著作《在通向语言的途中》，我发现老海对自然无法言说之"神秘"的讲述，非常接近于《序曲》的描写。这之后，我又查阅许多资料去求证诗人与哲学家之间可能存在的联系。直到有一天，在哈特曼（Geoffrey Hartman）的《平凡的华兹华斯》（*The Un-remarkable Wordsworth*）中找到答案：华兹华斯是英国的海德格尔，《永生的信息》是英文版的《存在与时间》。

预感得到验证后，我仿佛有了无穷的自信，开始阅读更多与海德格尔和德国浪漫主义哲学有关的书籍，并投入到如火如荼的研究和写作中。读书笔记从厚变薄，从文字变提纲，又从提纲变开题报告，从开题报告变论文，之后又是漫长的自我批评和修改。在这期间，我又读了张隆溪的《道与逻各斯》中、英两个版本，以及冯友兰的《中国哲学史》和朱光潜的《诗论》，结合以前粗浅了解的《淮南子》《沧浪诗话》《人间词话》等诗论著作，发现东方哲学与西方哲学、中国诗歌与英国诗歌之间的契合。这段时间的思考结果，部分被用在本研究中论证个人观点。

其次，说说该研究曾经以及可能引发的讨论。

在国内学术界，从语言不足性的角度出发具体谈论华兹华斯作品的评论不多，探讨其作品所蕴含的哲学思想学者也鲜有。因此，在广大读者心中，华兹华斯只是一个敏感的自然诗人，偶尔因为和法国大革命的纠葛而与政治运动扯上关系。面对这项研究，读者也许会有疑问：华兹华斯有那么深刻吗？问题的答案，只能留待每个人自己去发现。但有一点是肯定的：

如果因为被偏见束缚，而与华兹华斯研究、任何研究可能提供的精神营养失之交臂，那绝对是个遗憾。我在研究过程中时常纠结的另一个话题，就是海德格尔的政治错误。对于这个问题，我想，一句"君子不以言举人，不以人废言"，或许就够了。

再者，谈谈研究的不足，即该研究可能的发展方向。

在作品中表现语言不足性的浪漫派诗人，不只华兹华斯一个，布莱克、拜伦、柯尔律治、雪莱和济慈都思考过这个问题。可以说，对语言不足性的认识是浪漫主义精神的一部分。诗人们的作品，各有各的主题和风格；他们对语言不足性的认识和应对策略，也体现了各自的学识和智慧。笔者结合诗人的经历和哲学倾向，做细致的文本阅读和对比，得出结论。

最后，说说遇到过的困难。

做研究、写论著所耗费的时间、精力和情感，均超出之前的预计，当然，研究结果的最终呈现的状态也同样出乎意料。用弗洛伊德为人熟知的术语打个比方：回到学校读书、写论著的是"自我"，不得不长期与贪图安逸、追求平庸的"本我"作战，"自我"在这场战役中所向披靡、无往而不胜。但这个"自我"，并不是最佳版本。在导师张剑教授坚持不懈的教导和督促下，"自我"升级而为"超我"，本研究毫无疑问是"超我"的作品。"超我"固然强大，也难免有分身乏术的时候，她无暇顾及的那些事，比如，对家人的陪伴和爱护、对教学的投入和耐心等，将在未来由"自我"来慢慢修补。

华兹华斯用五年时间重返丁登寺，读懂自然的讯息；我用六年时间，由最初一点儿模糊的认识出发，做出现在的成果，尽管这成果还不完美。柯尔律治诗中的老水手，每当病症发作时，都用魔力抓住一个人，为之讲述自己的故事以缓解痛苦；而我，已尝过做研究的苦，也下过"以后不写大论文"的决心，但还是在每次"病症"发作时，抓住一个观点思考、揣摩一阵子，再慢慢磨成一篇文章。谁知道呢，也许有一天，老水手故事讲得好，竟治愈了自己的"病"！

王冬菊

西安外国语大学

2019 年 4 月

作品缩写表

威廉·华兹华斯的作品：

EL   *The Early Letters of William and Dorothy Wordsworth*

EY   *Letters of William and Dorothy Wordsworth：The Early Years*

LB   *Lyrical Ballads*

LY   *Letters of William and Dorothy Wordsworth：The Later Years*

PFT   *The Prelude：The Four Texts*

PrW   *The Prose Works of William Wordsworth*

PW   *Poetical Works of William Wordsworth*

WLC   *Wordsworth's Literary Criticism*

S. T. 柯尔律治的作品：

BL   *Biographia Literaria*

STCL   *Collected Letters of Samuel Taylor Coleridge*

NSTC   *The Notebooks of Samuel Taylor Coleridge*

SC   *Shakespearean Criticism*

评论著作：

CCBR   *Cambridge Companion to British Romanticism*

CCV   *Bloom's Classical Critical Views*：*William Wordsworth*

ERP   *English Romantic Poets*

MCV   *Bloom's Modern Critical Views*：*William Wordsworth*

NS   *Natural Supernaturalism*

RE   *Romantic Ecology*

SE   *The Song of the Earth*

WR   *Wordsworth's Revisitings*

WTR   *Wordsworth and the Recluse*

WWPC   *William Wordsworth's Prelude*：*A Casebook*

WWTP   *William Wordsworth's The Prelude*

目　录
CONTENTS

华兹华斯、海德格尔与德国浪漫主义

第一节　华兹华斯研究的语言传统

一、概述

浪漫主义时期的诗论，相信诗歌不仅是人类意识的文字表达，更是人与自然之间的情感沟通，因此，诗歌创作的终极目的应该是模仿自然。比如，在1800年版的《〈抒情歌谣集〉序言》里，华兹华斯说："诗的目的是真理，不是个别的、局部的真理，而是普遍的、经常起作用的真理，…… 因为诗是人和自然的形象。"（王佐良，《英国浪漫主义诗歌史》55）威廉·赫兹列特（William Hazlitt）在《关于英国诗人的演讲》（*Lectures on the English Poets*）中表达过同样的观点。他认为，诗歌不只以文字的形式存在，而应该是"心灵与自然或不同心灵之间发起的一种普遍语言"。因此，当人们看到自然界和谐美好的事物，如大海中的一朵浪花，或者花儿向空中伸出的甜美的花瓣，"在这样的时刻，诗歌就诞生了"（*Essays on Poetry* 58 – 59）。而约翰·克莱尔（John Clare）也在《田园诗》（*Pastoral Poesie*）中写道："真正的诗并非词语写成／而是用思想描绘出的（自然）意象。"（Clare 163）

20 世纪 60—80 年代解构主义批评兴起，诗歌语言与自然"语言"之间的关系依然是关注的焦点。最具代表性的解构主义评论家——赫赫有名的耶鲁"四人帮"，包括哈特曼（Geoffrey Hartman）、布鲁姆（Harold Bloom）、德曼（Paul de Man）和米勒（J. Hillis Miller），在这个问题上的看法，与他们的浪漫派前辈迥然相异。他们浓墨重彩地论述主观与客观的分离，也就是意识与自然的对立，认为语言不可能，因此也不必再现自然。可以毫不夸张地说：在文学批评领域，自然消失之处，解构主义批评兴起。比如，布鲁姆曾在 1969 年的一篇文章里说："浪漫主义的自然诗 …… 是一种反自然的诗，甚至在华兹华斯的诗里，他所求取和自然的交往交谈，也只在一些偶然的瞬刻中发生。"（叶维廉 80）①

哈特曼在论文《诗人的进程》（*A Poet's Progress*：*Wordsworth and the Via Naturaliter Negativa*）中指出华兹华斯自然观中的一些问题，认为诗人所谓的"想象力"，与诗歌中的自然意象针锋相对，想象力甚至可以脱离自然而存在；（214）保罗·德曼在《浪漫主义的修辞》（*The Rhetoricof Romanticism*）一书中表示，"意识有可能完全独立并自主存在，有可能彻底脱离与外界的一切联系"。（16）又如，J. 希利斯·米勒（J. Hillis Miller）在对《序曲》第五卷

---

① 叶维廉指的是这篇文章：*The Internalization of Quest – Romance*。见 *Romanticism and Consciousness*. Ed. Harold Bloom. New York，1970：p9.

"阿拉伯之梦"片段解读时，就完全没有自然的位置。米勒认为，诗人在"阿拉伯之梦"中所表现的语言模仿现实的情况，是"用一物命名另一物"：

> （华兹华斯的文本）质疑在字面意义上命名的可能性，并且暗示所有的命名都是比喻，偏离与所指代的物的直接对应，与之前或之后出现的其他命名形成一串无穷的循环。（Miller 256）

据此，有评论家指出：米勒把华兹华斯描写成了一位"德里达式的诗人"（Derridean）。（Metzger 122）

从 20 世纪 90 年代起至 21 世纪初，乔纳森·贝特（Jonathan Bate）倡议和发起"绿色研究"，致力于把华兹华斯研究从诸如女性主义、意识形态等政治话题中拯救出来，用 19 世纪读者的思维方式解读他的诗歌，即重新把自然作为关键词，探讨诗歌对人与自然关系的启迪作用。代表作品是贝特的两本专著：《浪漫主义生态学》（*The Romantic Ecology*）和《大地之歌》（*The Song of the Earth*）。贝特以海德格尔的思想为指导观照语言与自然的关系，《大地之歌》的书名即出自海德格尔《诗人何为?》。海德格尔在此书中指出，诗人是为了吟唱自然而存在，"歌唱命名着大地"（《林中路》263）。因此，诗是"大地之歌"，诗人作诗相当于亚当在伊甸园命名万物，然而两者并非完全等同：

> 尽管 20 世纪以来的哲学普遍认为书写文字割断了人与自

然的联系，使其与直接的在场分离，海德格尔依然认为，诗歌可以与生态的归属对话。诗歌就是大地的歌。诗歌的语言既表达在场又表达缺场：它既是想象力的再创造又是微风在沙滩上留下的唯一痕迹。（*SE* 281）

也就是说，伊甸园时期的人类始祖，与自然和谐相处，彼时亚当为万物命名，词与物之间是一一对应的关系。而随着亚当夏娃的堕落，这种对应关系也一去不返。之所以如此，是因为人类语言受到各种文化、政治因素的影响，在表达时难免带有主观及政治色彩，所描写的自然也必将是经过社会、文化或情感透镜观察到的自然，是"水中月""镜中花"，而并非自然的本真状态。尽管如此，贝特依然相信，诗歌是人类语言的特殊形式，韵律、节奏等音乐元素是诗与自然规律之间的联系，作为大地之歌的诗也因此是语言与自然、主体与客体相结合的唯一方式。诗歌既是带人类返回自然的语言，又是人类唯一能够返回的"自然"。可以说，贝特借助海德格尔的思想，完成了对解构主义批评的一次有力反驳。

人类始祖从伊甸园堕落的神话，常被用来类比语言与自然关系的演变，德国浪漫主义诗人、哲学家席勒（Johann Christoph Friedrich von Schiller）关于天真诗人（naive poets）和伤感诗人（sentimental poets）的分类就是一例①。在席勒的分类中，天真诗人正如在伊甸园的亚当一样是自然的一部分，伤感诗人则因为失去伊甸园而怀念自然。需要注意的是，这里的自然并非自然界，而是指

---

① 亦作素朴诗人和感伤诗人。张玉能. 审美教育书简［M］. 南京：译林出版社，2009：166.

语言与自然融合统一的状态，在此状态之下，词与物之间有一一对应的关系，也可以说是"语言中包含着自然"。从这个意义上讲，华兹华斯应该是所谓的"伤感诗人"，当然这并非是指他的性格多愁善感，而是说，他意识到诗歌与自然之间存在着无法跨越的界限，而常以作品表达对"天真""自然"的向往和怀念。更难能可贵的是，华兹华斯并未沉浸于"伤感"而无所建树，他坚信"天真"在心灵里留下了一些痕迹，并努力在"想象力""寂静"等方法的辅助下实现与"天真"的短暂接触。

包含着自然的语言，哲学上叫作逻各斯，而人类从天真状态到伤感状态的转变，在哲学上就是形而上学占据主导的过程，或者说是意识打败自然的过程。形而上学（metaphysics）的原意，是物理学所不能涵盖或解释的现象。笛卡尔（Rene Descartes）认为如果知识是一棵大树，形而上学就是其根基；人的意识完全可以掌握知识、认识世界。他把世界分为意识和被意识认识的万物，这就是著名的"二元论"。凡"二元"必有一个中心（center），在笛卡尔的哲学体系里，中心即拥有意识的人。再如，黑格尔（Georg Wilhelm Friedrich Hegel）的《精神现象学》（*Phenomenology of Mind*）把意识想象为一种通向绝对知识（absolute knowledge）的旅途，意识始终明确感知到自身的存在并自觉发挥作用。

以人类为中心的哲学思潮，到 20 世纪下半叶趋于式微，海德格尔与维特根斯坦的语言思想开启了哲学史上的"语言学转向"（the linguistic turn），两位哲学家通过语言展开的对形而上学传统的批判，标志着后现代主义哲学的发端。后现代主义哲学的研究对象，不再是理念和意识，而是词语，哲学由此从唯心主义（人类中心主义）转向以语言为中心。后现代哲学家的理论可谓异彩纷呈，但就语言观而言，其出发点是一致的：人类自以为认识并了解的世界，实际上并非客观真实的世界，而是其文字描写；语言文字，作为意识形态的产物，因为带有政治色彩而不纯粹。因此，人类无法了解世界的本真状态，更不是世界的主宰，而是困于语言牢笼中的囚徒。

海德格尔认为词与物的分离，也即语言的堕落，始于古希腊的苏格拉底—柏拉图时期，与此同时，形而上学开始出现。海德格尔将语言的起源追溯到自然背后的主宰，一个他称之为"存在"的神秘之物。在他看来，人类处于语言堕落之后的黑暗时代，难以准确认识并描绘"存在"，诗人和哲学家却偏要反其道而行之，因为"诗人和思者的天职就在于：说不可说之神秘"（孙周兴 375）。"说不可说之神秘"，或者对语言与存在关系的探讨，是海德格尔后期哲学思想之要旨。由于华兹华斯诗歌创作的欧洲浪漫主义大背景，以及海德格尔与德国早期浪漫主义哲学思想的联系，诗人与哲学家在语言观方面呈现出的诸多相似，是本书聚焦的话题。

二、文献综述

以华兹华斯语言观为对象的研究，按研究方法和基本观点，大致可划分为 3 个时期：19 世纪即浪漫主义和维多利亚时期，20 世纪 60—80 年代的解构主义浪潮，以及 20 世纪末 21 世纪初开始兴起的生态批评。3 个时期评论家所持的基本论点，在文章的上一部分已有简单提及，接下来，将以几部代表性的文献为例作详细阐述。

在企鹅出版社出版的《英语田园诗选集》（*The Penguin Book of*

English Pastoral Verse）中，编者指出，华兹华斯的诗歌与传统田园诗一样，都抒发一种怀旧、伤感的情绪。华兹华斯在诗歌中怀念童年时代，那时他被赋予和自然相通的能力，因而与传统田园诗中的牧羊人一样宁静、快乐。诗人在成长过程中接受学校教育，阅读讲述抽象知识的书籍，逐渐丧失童年时候的天赋与快乐，因而只能在诗歌中描写淳朴的农民、处于社会边缘的老人、儿童，并以此来回忆"鲜花往日的荣光，绿草昔年的明媚"①。在《永生的信息》（*Ode：Intimation of Immortality*）一诗中，华兹华斯认为经历赋予自己"哲学的心灵"（the philosophic mind），或可补偿被教育和年龄所带走的与自然之间天然的"亲近"，然而成年人仍旧难以跨越"看懂万物背后的生命"（seeing into the life of things）与"和它们融为一体"（being at one with it）之间的界限。（428）华兹华斯的诗论致力于解决这一问题，然而他所提倡的用质朴的语言描绘自然，以及反对 18 世纪的"诗歌辞藻"（the poetic diction），都只是暂缓之计，解决不了根本问题。真正的问题在语言自身。华兹华斯发现，语言似乎为所描绘之物蒙上一层薄纱，令读者从中无法窥见真实的自然。在他看来，只有消除掉人特有的文化（humanity）元素，以沉默的方式摒弃理性和语言，才能克服这一障碍。正因如此，在华兹华斯的田园诗中，人与自然的和谐，只能发生在放弃或丧失语言能力之时，以一种近似恍惚（trance－like）的状态出现。选集的编者认为，诗人的写作方式，在某种意义上是向壮美的（sublime）空旷荒野的回归；而诗人作为风景中唯一的人物，也渴

①　威廉·华兹华斯.湖畔诗魂［M］.杨德豫，译.北京：人民出版社，1990：293.

望能像露西那样融入大地之中，"只随地球日夜滚，伴着岩石和森林转"①。《英语田园诗选集》主要是把华兹华斯放在田园诗发展的脉络中进行介绍，并不是一本真正意义上的文学评论，但编者对华氏诗歌特点的泛泛之谈，却无意间接近了华兹华斯语言观的精髓。

研究华氏诗歌与田园诗关系的代表著作，还有《一只脚踏在伊甸园中：浪漫主义诗歌中的田园模式》（One Foot in Eden：Modes of Pastoral in Romantic Poetry）。在这本书中，作者梅茨格（Lore Metzger）借用席勒的诗论，以田园诗为切入点，对英国浪漫派诗人的主要作品进行解读。"一只脚踏在伊甸园中"一句，出自埃德温·缪尔（Edwin Muir）同名诗集中的同名诗作②，原诗描写俗世生活与宗教精神生活在人的一生中的博弈，以及诗人由此产生的迷惑。"一只脚踏在伊甸园中"用在梅茨格的标题中也十分贴切，她认为亚当和夏娃被赶出伊甸园时所失落的天真，通过田园诗这种文学形式保留了一部分。堕落之前的（Drelapsarian）的上帝语言，其特点在田园诗特有的语言风格中有所留存，因此，读者在阅读牧歌作品时，或许还能接触到堕落之前的伊甸园。

在与华兹华斯有关的章节中，梅茨格用席勒关于天真诗人与伤感诗人的理论分析诗歌中的语言现象，他认为：天真诗人，比如古希腊时代的田园诗人，由于天然地与自然融为一体，只需在诗歌中描绘现实的自然；而现代田园诗人，因为失去理想的田园而成为伤感诗人，在创作中，只能以对于理想田园的回忆和想象来弥补现实的不完美。其中，回忆与想象占多大比重，现实描写又占多大比

---

① 王佐良. 英国诗选 [M]. 王军，译. 上海：上海译文出版社，2011：217.
② 王佐良. 英国诗选 [M]. 王军，译. 上海：上海译文出版社，2011：526.

重，是现代田园诗人不得不权衡的问题。或者说，他们总是努力在客体与主体之间维持某种平衡，效果却未必尽如人意。

梅茨格从分析亚伯拉姆斯关于"呼应的和风"（the correspondent breeze）的那段著名描写入手①，谈论田园诗中主客观世界的相互作用，指出亚伯拉姆斯模仿华兹华斯的描写，十分有效地说明了一个问题，即客体与主体的完美互动能够催生出杰出的作品。起于自然界的微风，在诗人心灵中激起创作灵感，主体与客体的互动由此开始。因此诗人接下来的描写，在很大程度上是自然的自我呈现。梅茨格认为：

> 这就是诗人心灵与自然语言的关系。……华兹华斯所理解的自然，是一种（以自然现象表现的）语言，在发现与揭示无形的深刻真相时，自然既是手段，也是目的。阅读自然之书，就是通过破解和解读可见的造物，以触及它所体现的不可见的精神。（Metzger 107）

也就是说，自然现象是途径，隐藏在自然现象之后、统治一切的无形而深刻的精神是目的，诗人只能通过解读可见的现象以求触及不可见的精神。梅茨格认为，这种自然与诗歌文本相生、互动的关系，就是海德格尔所谓"和语言有关的体验"（experience with language）。（Metzger 107）海德格尔说过，当文字无法表达突然袭来的感觉时，我们"感到语言的本质从遥远的地方迅速拂过"，也

---

① 详见本书结语部分，第215页。

只有在这样的时刻，我们才意识到语言的局限，从而"比那些可以轻易表达思想的时刻更接近语言的精髓"（Metzger 107）。梅茨格认为，对华兹华斯和柯尔律治来说，自然就是上帝的"永恒语言"，"他从永恒之处教授/一切之中的他，他中的一切"（《午夜寒霜》60－62）。或者，如柯尔律治在别处所说："自然的语言就是从属的逻各斯，一开始就存在而且一开始就与它所表现的物同在，它就是所表现的物。"（SC 185）在华兹华斯的诗中，这个从属的逻各斯，以"呼应的和风"的形式，占据《序曲》开篇段落的大部分，是最原始的、唤醒人们心中"不可言喻的幸福"（bliss ineffable）的词语，人们从中感觉到"生命的情感"延伸至万物，甚至"到达思想不可及之处"（序曲·第二卷．1805：400，420－422）。

　　从西方哲学发展史看华兹华斯语言观的著作当属《华兹华斯与沉默的美学》（Wordsworth and the Aesthetics of Silence）。作者拉姆齐（Jonathan Robert Ramsey）首先与时代结合起来谈华兹华斯的语言观，认为华兹华斯处在一个感知和语言混乱的时代，那时人们已清楚认识到理性和逻辑思维对语言的危害，并试图有所作为。塞缪尔·约翰逊（Samuel Johnson）就是一个典型例子。约翰逊最初的理想，是做出一部知识纲要，使其成为"人类智力涡流中文化和语言的直布罗陀海峡"。但是，他后来发现："将语言与概念从易变性中拯救出来的计划，与对伊甸园完美世界的梦一样遥不可及。"（Ramsey 45）他诗人一般的梦想最终缩减为一个谦逊的计划，用一部词典来延迟或缓解语言不可阻挡的衰退。拉姆齐称约翰逊为"高傲的人"，认为只有这类人"才会想象自己的词典能够使语言不朽，将其从堕落和衰退中拯救出来，并且想象自己有能力改变自然，一次就清理干净世上的荒谬、浮华和做作"（Ramsey 45）。

实际上，语言、意识与自然的关系并非是 18 世纪才出现的新鲜话题，早在古希腊时期，苏格拉底和他的学生们就开始为语言的起源问题争执不休。拉姆齐从柏拉图对话录的《克拉底鲁篇》入手，详细总结克拉底鲁（Cratylus）、赫谟根尼（Hermogenes）与苏格拉底对语言起源的看法。赫谟根尼认为：人是一切事物的标准，事物呈现的样子就是其本来面目，物体没有永恒的本质；个人用眼光塑造世界，自然不会赋予任何事物名称，一切都是使用者的习俗和习惯。克拉底鲁则认为：人、物体以及特性的名称都是自然而非习俗，有着自身的实质和正确性，对希腊人（Hellenes）和野蛮人皆是如此。即使在苏格拉底的追问之下，克拉底鲁仍然坚信词语和事物之间存在必要且普遍的联系。苏格拉底则认为事物的命名与发音之间有着非常密切的联系，最早为事物命名的人，或者叫立法者（legislator），拥有复杂的头脑，善于发现声音与本质之间的关系。也就是说，在名称出现之前先有理智和知识，先出现有关事物的知识概念，名称只是协助记忆和交流的工具。

威尔金斯（John Wilkins）继承了克拉底鲁的思想，而且想当然地相信圣经中关于语言起源的故事。他认为最早的语言起源于人类的始祖，他们毫不费力就能理解上帝的话；至于语言的多样化，则是因为巴别塔引发的混乱。因此，重建人类语言是"抵制混乱诅咒的最可靠的补救措施"（Ramsey 47）。威尔金斯始终在努力暗示语言堕落所引发的混乱以及歧义中暗藏词语的精髓。

洛克（John Locke）和霍布斯（Thomas Hobbes）则继承了苏格拉底与赫谟根尼的思想。霍布斯认同语言是上帝赐予亚当的礼物，洛克认为上帝赐予人类发声的功能，但两位哲学家对"最初的语言"（primary language）毫无兴趣。霍布斯和洛克认为语言只是人脑借以表达概念和实现交流的工具，忽略了克拉底鲁所谓语言的物质基础，将重心放在思维主体上。洛克认为，词语"最原始最直接的含义，仅仅代表使用它们在人脑中的概念"，除此之外别无他用。（Essay，III，ii，2）

拉姆齐认为，华兹华斯在诗学的发展过程中意识到洛克经验主义认识论的局限，并借鉴"原始主义"（Primitivism）在自然、意识和语言关系方面的理论与之对抗。亚伯拉姆斯（M. H. Abrams）在《镜与灯》（The Mirror and The Lamp）中总结原始主义的美学观点：语言作为情感的"迸发"，是一种合乎韵律、悦耳动听，同时又具有隐喻功能的情感流露。发自内心的语言是最高级的情感与最显著的物体通过自然隐喻这一中介的结合，这些都是华兹华斯在原始主义土壤中培育出情感语言的关键。华兹华斯的诗歌，始终看重语言在外部世界与内部世界之间的关键连接作用，因此，拉姆齐称之为"联姻的诗"（spousal verse）。

拉姆齐认为，华兹华斯意识到主体与客体之间互相作用的关系，在作品中尝试用最理想的语言为之做完美的呈现。比如，华氏在诗歌中描写儿童、老人以及各种边缘人物，与其说是人物塑造，不如说是诗人为自己创造的人格面具，这些人物表现出一种人与自然的相处模式。两个世界的共存是华氏诗歌艺术中持久而且灵活的前提，他始终相信存在一个包含主客体的生命；相比之下他对诗歌媒介作用的期望则摇摆不定，有时甚至会全面崩溃。（Ramsey 55）

在拉姆齐看来，从1800年的《〈抒情歌谣集〉序言》开始，华兹华斯就对语言的再现能力持模棱两可的态度：他时而相信语言是"积极有效的物，自身就是情感的一部分"，时而又为"人类语言可悲的无能"忧伤；一会说"词语是物，其生命是所象征的情感现实的一部分"，一会又说"词语准确地反映或者倒映出事物原本的样子但并非自动地产生于自然之物"。（*WLC* 97）困扰华兹华斯的不只是词语和自然的关系，还有读者的敏感度和理解能力。他一方面努力地平衡语言和世界的关系，试图将诗人原始的体验传达出去，一方面又为读者的接受能力感到担忧。

拉姆齐还据此分析了华兹华斯在 1815 年之后诗歌创作倒退的原因，认为用诗歌描写主体与客体之间的互动是一回事，找到一种语言并参与这一互动是另一回事，二者是截然不同的创作模式。华氏的诗歌创作属于后者，他早年得益于此并创作出很多优秀作品，但也因此精力耗尽，这样的创作是浪漫派诗人最沉重的负担。拉姆齐说："当诗人的语言作为象征并参加到认知和叙述过程中来的时候，他所面临的危机非常巨大。这种脆弱的象征的成功也许总是片面和短暂的，因此诗人不得不一遍遍地进行同样的语言尝试。"（Ramsey 152）

在《浪漫主义的修辞》（*The Rhetoric of Romanticism*）一书中，保罗·德曼（Paul de Man）在 19 世纪欧洲浪漫主义大背景中探讨英国浪漫主义作品中的语言现象。他认为在 19 世纪的欧洲，人们越来越意识到语言与思想、主观与客观世界之间的差距，诗歌作品中出现大量的自然意象，以及对想象力的关注都是人类为缩小这个距离所做的尝试。在英国，浪漫主义诗人的作品与评论中频繁出现"想象力"这样的诗歌术语，与此相呼应，诗歌用词也朝更具体的方向发展或回归更具体的风格。他说，在浪漫主义诗歌中，"大量的意象与同样多的自然之物同时出现，想象力的主题与自然主题紧密相连，这种模棱两可就是浪漫主义诗学最基本的特点。两极之间的张力一直都是件麻烦事。"（2）不只在英国，法国和德国浪漫主义作品中也有很多平行的例子。

在德曼看来，人与自然的关系包括三个环节：存在（超验的物）、具体的物与语言所表现的物（概念），语言与具体的物发生关系时总是表达出对超验的物的怀念或向往。举例来讲：我们欣赏诗歌中所描写的一朵花，这就体现了对生发此（诗歌）意象的那被遗忘的存在（presence）的渴求，这种渴求在我们欣赏一朵真正的花的时候得到满足。也就是说，"对自然之物的怀念激发（诗歌）意象的产生，从而扩大为对物起源的怀念。"（6）然而，语言在本质上可以"形成"意象，却永远不能与自然之物达到绝对统一，诗歌中的花永远是个意象而不是真实存在。因此，"诗歌语言除了一遍又一遍地生成（意象）之外别无长处，它能够无视（自然之物物质上的）存在而安置（意象），但是，出于同样的原因，它无法为（所）安置的（意象）提供基础，（意象）只能以意识、意图的形式存在。"（同上）诗歌产生于意识接近物体实体状态的欲望，诗歌语言的发展和进化都与此趋势相关，但这个趋势注定会失败。花朵可以"存在"，而诗句可以"产生"，但诗句不能好像自身"存在"那样"产生"。（7）

德曼对比了《曾经有个男孩》（*There Was a Boy*）中寂静的山谷片段和 1805 年《序曲》第二卷 170 至 180 的片段后认为，两个段落说明意识接纳死亡过程中的焦虑与服从。自然和意识两个世界的对立总是这样：一个生机勃勃、给人快乐却充满破坏力的世界，对抗另一个反思并沉默的（意识）世界，此时意识就站在离现实不远的地方。在这两个片段中，意识与现实的融合以压倒一切的"沉寂"和"静止"的形式出现，真实的世界仿佛被吸纳入人的想象，这样"从一个世界过渡到另一个世界的（瞬间）"比任何诗意的时刻都更重要。德曼认为即使在这样的时刻，诗人对语言和想象力的描写仿佛比真实的自然更宏伟壮观，物体实体的优先性却从未受到过威胁，因为正是在这样仿佛"神情恍惚"的时刻，诗人更强烈地感受到自然。"诗人的语言从这两个世界相交的时刻获得动力：阐明它如何从对未来的不确定中了解并窥见自身并不真实的过去。"（55）无论如何，德曼仍然相信存在着一个人们也许无法完全了解的过去，这点认识极其重要。

在《华兹华斯：与思想背道而驰的语言》（*Wordsworth：Language as Counter – Spirit*）中，弗格森（Frances Ferguson）探讨了华兹华斯观点中语言与墓志铭（epitaph）的关系，认为华兹华斯理想中的诗歌与自然的关系，应该类似于一则朴素却打动人心的墓志铭与逝者的关系，虽然前者不足以完美地再现后者，却应该而且可以致力于传达其精髓。作为一位耶鲁出身的学者，弗格森在著作中表现出典型的解构主义批评模式，比如，她从华兹华斯的诗作中发现被体现的自我和作为自我体现的修辞都具有不确定性，并且认为这点认识颠覆了客体的实在性和主体的全知性。此外，象征的实质性消失于持续不断的修正，甚至连启示临时的两端都被迫移走，而让位于无休无止的沉思。语言的活力并不在于某一修辞范例僵化的意义，而在于不断修正的能量。有人在一篇书评中如此评价弗格森的著作：认为她所言的含义挑战了华兹华斯研究中许多神圣的陈词滥调。（Magnuson 296）但是，我们却在弗格森对具体作品的解读中读到一点与典型解构主义模式不太一样的观点。

华兹华斯把在 1815 年到 1850 年间创作的诗歌分为四类，情感诗歌（Poems Founded on the Affections）、幻想诗歌（Poems of the Fancy）、想象诗歌（Poems of the Imagination）以及伤感和沉思诗歌（Poems of Sentiment and Reflection）。这四类诗歌代表诗人在不同阶段对主客体关系和诗歌语言的思考。在对"情感诗歌"的代表作《兄弟俩》（*The Brothers*）与柯尔律治的《老水手谣》（*The Ancient Mariner*）进行对比之后，弗格森认为，后者中的老水手被诅咒四处流浪为自己所得的"启示"（message）物色听众，华兹华斯却让失去兄弟的伦纳德返回茫茫大海做一位"头发花白"的水手，他没有"启示"，因为被连接他与自然和人性的情感背叛而失去了身份。伦纳德的失败也传达了一种知识，但这种知识认为将情感投注于客体是一种错误，人们预先知道它们必将失去，却"哭着去做"。（Ferguson 53）

而在"幻想诗歌"中，弗格森则认为"命名并不解释任何客体的本质"，名称不过是客体演变链条的一个静止点。（Ferguson 66）在"想象诗歌"中，弗格森认为自然的天启不过是被视作书本的自然，而想象中的天启时刻与任何文本一样不具有权威。"伤感与沉思诗歌"则对语言的合理性不抱幻想，认为诗人不可能找到合适的语言来捕捉"完整的灵魂"。弗格森从这些诗作中读出了解构主义的语言观，她认为，人们在相信语言的意义时表现出一种默认，即我们所能认识的世界或自我是无法触及并且无限延伸的情感

链条的一种残渣，或者痕迹，引领我们在面对似乎毫无希望的迹象的时候去想象意义的可能性。（Ferguson 154）

据弗格森观察，从创作《露西组诗》开始，华兹华斯诗歌即呈现出一种趋势：诗人正越来越深刻地认识到自己对知识掌控的不足。诗人不断批判自己先前的认知，认为面对可能永远无法了解的"现实"，诗歌客体的"真实性"也显得无关紧要。华兹华斯似乎在揭示看似简单的现象的复杂性质，越来越倾向于反思先前对诗歌了解事物本质的自信。在弗格森看来，华兹华斯似乎在不断重申："我所言过早；现在发现自己并非真正了解我所谈论的自然。"华兹华斯的诗歌开始宣扬这种谦逊与禁欲的姿态，"无声"便自然而然地作为表述"人们无法表述的"事物的字眼而不断出现。（Ferguson 241）弗格森认为，读者对诗歌的解读没有尽头，解读中同时包含旧自我的消解和新自我的演变。但是，她又承认这一过程之所以有必要进展下去，是因为人们有一条信仰——有值得认知的东西，有值得解读的意义。可见，她的落脚点依然在可追溯的意义，这实际上是对语言再现能力的承认。

在《大地之歌》（*The Song of the Earth*）一书中，乔纳森·贝特认为启蒙运动，培根经验主义科学（Baconian empirical science）以及笛卡尔的哲学二元论（Cartesian philosophical dualism）是人类与自然二元对立的哲学起源，在康德的唯心主义哲学（Kantian Idealism）阶段进一步恶化，而 20 世纪的哲学主流也未能弥合这一裂缝。他说："通过论证哲学思考必须由语言开始、语言之外确实不存在认识，现代性和后现代性已经把重心从理性（ratio）转移到了话语（speech）。"（245）在他看来，20 世纪后期的文学理论被锁进了所谓的注释怪圈，因此不能"从文本向外看到行星"。（248）这也许是贝特对垄断浪漫主义批评近二十年的解构语言学派的委婉批评：过分地关注语言只会限制人类的眼界，导致人类忽视文字之外自身赖以生存的自然环境，从而引发各种危机。贝特发现，早在浪漫主义时期，人们就已经注意到诗歌在融合主体与客体、语言与自然时的无奈之境，他们"伤感地意识到这个乌托邦式想象的虚幻性"。但浪漫主义诗人仍然"将诗意语言看作一种特殊的表达方式"，试图用诗意语言"引起一种心灵与自然在想象中的重新统一"，这是一种悲壮却裨益良多的尝试。（245）

　　贝特越过解构批评所倚赖的语言理论，追溯到德里达之前的哲学家海德格尔。海德格尔认为，自然是人类最初的家园，诗歌是进入家园的许可证（the original admission of dwelling），是一种在场而非表现，一种存在而非映射。据此，贝特说，诗歌是一种双重存在："这样的双重存在来源于其双重的生态意义：它或者（既）是一种将我们带回故乡（oikos）的语言（逻各斯），或者（也）是一种伤感的认识，即语言（逻各斯）是我们唯一能够回去的故乡。"（281）

三、创新点与中心论点

　　贝特在《大地之歌》中对华兹华斯诗学和海德格尔哲学关系的探讨，主要集中在海德格尔关于"大地"（earth）与"语言"关系的思想和华兹华斯诗歌中的"地方"（place）元素。实际上，两者的共通之处不仅表现在他们对自然、生态的关注，更在于他们对语言中所暗含的人与自然关系的探讨，而诗人和哲学家的生态关怀皆是通过语言观来表现，这一点在贝特的论著中没有谈到。企鹅出版社的《英语田园诗全集》和《一只脚踏在伊甸园中》，从牧歌（田园诗）传统的角度探讨华兹华斯在诗歌中所表现的对语言再现能力的怀疑；《华兹华斯与沉默的美学》则从西方哲学传统中语言与自然关系的角度探讨这个问题。这三部著作都谈及诗人为改变这种现状所做的尝试：在语言风格上摒弃18世纪盛行一时的"诗歌辞藻"，在创作方法上向"原始主义"或自然的缪斯寻求帮助，在主题上通过描写自然留给心灵的回忆去接近早已逝去的"永生"。遗憾的是，三部著作均未提到华兹华斯作为一位浪漫派诗人，何以会抒发出具有后现代特点的语言观。《华兹华斯：与思想背道而驰的语言》与《浪漫主义的修辞》是典型的解构主义批评论著，这两部著作承认语言与现实之间无法跨越的鸿沟，但更看重诗人为弥补此缺陷所做的努力。然而解构主义批评之所以能够而且经常被用于分析华兹华斯的作品，恐怕还要归结到诗人语言观中的后现代元素，归结到华兹华斯、德国浪漫主义与海德格尔在语言观上的相似之处，这点以上著作均未作出系统论述。通过德国浪漫主义将华兹华斯与海德格尔相联系，并用海德格尔的语言哲学对华兹华斯的诗歌进行系统分析，则是本书的主旨与创新之处。

海德格尔和华兹华斯的渊源，要追溯到华兹华斯所处的英德浪漫主义的历史文化背景，以及海德格尔与德国早期浪漫主义之间藕断丝连的关系。而解构主义批评家对华兹华斯诗歌或者浪漫主义诗歌的垂青，恐怕也要以海德格尔为联结点。

海德格尔的哲学思想堪称浪漫主义诗学的巅峰，他晚期的文章与德国早期浪漫主义思想家的思想多有契合，实际上，海德格尔思想的相当一部分来自对德国浪漫主义诗人荷尔德林诗歌的阅读和阐释。另外，虽然德国浪漫主义强调人的"感性主体"，而海德格尔也将其称为唯心主义，或者是形而上学的大众化形式，但海德格尔对浪漫主义的研究方法还是持褒扬态度，认为其为世界的认识带来了活力。著作中频繁出现洪堡、诺瓦里斯等浪漫主义思想家的观点，至少说明海德格尔与德国浪漫主义之间的继承关系。关于海德格尔和德国浪漫主义的关系，理论框架部分还有更为详尽的论述，此处不再赘述。

保罗·德曼在《无知与洞见》（*Blindness and Insight*）中有一段和田园诗有关的论断："如果不是那分辨、否定、立法的心灵与最初那种自然、淳朴之间永恒的分离，那么，什么才是田园诗传统呢？毫无疑问田园诗的这一主题实际上就是唯一的诗歌主题，这一主题就是诗。"（239）尽管对浪漫主义诗歌评价很高，保罗·德曼也只提及问题的上半部分，实际上，他在与浪漫主义有关的著作中反复谈论问题的下半部分，即诗歌不但描写心灵与自然的分离，还尽其所能地弥合两者之间的裂痕。这不仅是华兹华斯诗歌的真实写照，也是海德格尔对诗的定义。于海德格尔而言，诗是大地的歌，是大地和心灵结合的唯一方式。而在华兹华斯看来，诗歌虽然不能完整地再现自然，也不能赋予语言牢固的意义，但诗歌充满想象的语言足以重现伊甸园里"天真"和"永生"，为伤感的人们带来安慰。

实际上，以上所讲问题的两个方面——诗歌不但描写心灵与自然的分离，而且修补两者之间的裂痕；不但是解构主义批评家和贝特在解读浪漫主义诗歌时的不同侧重点，也是德里达和海德格尔哲学思想上的区别。两位哲学家都追求对形而上学的解构，德里达主张释放文本的多重意义，海德格尔则将文本的思想追溯到它最初的、早已被遗忘的神圣使命，也就是文本所应该承担的对"存在"或者自然的再现功能。海德格尔影响了德里达，在颠覆形而上学的事业中既是德里达的同盟，又是他最强大的对手。由此观之，便不难理解解构主义评论家何以对华兹华斯及其他浪漫主义诗人的作品特别关注了。

　　关于华兹华斯的诗学思想与海德格尔哲学的关系，解构主义评论家哈特曼（Geoffrey Hartman）在《平凡的华兹华斯》（*The Unremarkable Wordsworth*）中有一段非常精彩的论述。哈特曼自称"语言生物"（language being），对语言现象和理论如数家珍，甚至海德格尔用德语写的哲学著作也不例外。但就是这样一个天资非凡的哈特曼，却在海德格尔哲学的英译工作中遇到困难。他惴惴不安地预言，翻译《存在与时间》可能要花费与海德格尔创作这部著作同样漫长的时间，原因是很难找到与海德格尔思想相对应的英语词汇。难题在想到华兹华斯之后得到解决。哈特曼说，"海德格尔的《存在与时间》，可以说，就是华兹华斯的《永生的信息》。这样比较的合理性在于，柏拉图神话中人们对被遗忘的'存在'的回忆，在海德格尔和华兹华斯的作品中所发挥的重要性。"（202）哈特曼认为与海德格尔的"存在"相对应的英语词汇，正是华兹华斯在《永生的信息》中努力回忆和怀念的"永生"（immortality）。

　　可见，对哈特曼来说，华兹华斯的作品是英语文化中与海德格尔哲学相对应的文本。在同一本书中，他还将华兹华斯置入英德浪漫主义的大背景中评价他与海德格尔哲学之间的关系。他说，不论是华兹华斯、柯尔律治和雪莱这些英国浪漫主义诗人还是德国浪漫主义诗人荷尔德林，都认为诗歌是一种具有神奇力量的"语言学的怪物"（linguistic monster），用来"解放或盗取那种足以解释'存在'的语言"，而每一首浪漫主义诗人的作品，都渴望成为"阿基米德的支点，一种基本的、活动着的元工具（meta – instrument）"（206）。哈特曼表示，华兹华斯对 18 世纪诗歌中"诗歌辞藻"的批判，与海德格尔对 20 世纪的工具崇拜和技术主义的批判，实在是异曲同工之举："在（海德格尔）对工具理性的批判之前，就有（华兹华斯）对工具语言的诗学批判，一种启发性的、语言性的诗歌艺术。"（同上）

　　华兹华斯诗歌与散文中的语言观，因为与德国浪漫主义的关系而和海德格尔的观点产生契合，赋予华氏作品明显的后现代特征。这不但表明华兹华斯诗学的哲学意义，更说明评论家借此反观后现代社会生态问题的合理性。华兹华斯的诗歌作品，明确传达出这样的语言观：即语言与要描写的自然——也就是海德格尔的存在之间有不可跨越的边界，然而诗人通过想象力与自然的互动，在人类语言与自然语言（自然现象）的互文中画出存在的踪迹。

　　本书将华兹华斯置于英德浪漫主义的大背景中，结合海德格尔的语言存在论思想，以及海氏与德国浪漫主义之间既继承又批判的关系，分析华兹华斯诗歌和散文作品中表现的语言再现自然时的无奈，指出华氏用诗歌"想象力"弥补语言缺陷的观点，实际上与海德格尔赋予黑暗时代的"诗人"的使命如出一辙。海德格尔颠覆形而上学的事业，如德里达所言，并不彻底，因为他的哲学始终围绕"存在"这个中心，而德里达本人对形而上学的颠覆也遭到后世哲

学家的批判。本书无意在海德格尔与德里达之间分出高下，只希望
与读者一同踏上一段乐趣与哲理并存的旅程，在体味华兹华斯的诗
论与诗歌的同时，对诗人的语言观有所觉察，感受诗人对天真的向
往和最初语言（prime language）的不懈追求。

第二节　华兹华斯与海德格尔的浪漫主义联系

一、华兹华斯、英法哲学传统与德国早期浪漫主义

德国浪漫主义思想家赫尔德（Johann Gottfried Herder）在语言
与主客体关系方面的观点对欧洲哲学有着深远的影响，而洪堡
（Wilhelm von Humboldt）对赫尔德思想的传播和发展做出了最大贡
献。但最早关注语言与主客体关系的哲学家是英国的洛克和法国的
孔狄亚克（Étienne Bonnot de Condillac）。赫尔德曾在日记中记录阅
读孔狄亚克作品为他带来的震撼；洪堡在 18 世纪末的时候在法国
待过一段时间，与继承并发扬孔狄亚克思想的"意识形态"学派
（idéologues）过从甚密。而华兹华斯语言观最直接的渊源也应该是
18 世纪从洛克和孔狄亚克开始的英法哲学传统。在《从洛克到索
绪尔》（From Locke to Saussure：Essays on the Study of Language and
Intellectual History）一书中，阿尔斯莱夫（Hans Aarsleff）谈到华兹
华斯与孔狄亚克思想可能的交集：华兹华斯 1790 年夏天去法国并
于第二年 11 月离开，此时孔狄亚克的思想在法国非常流行，并在
1795 年到 1799 年间达到巅峰。在这一年多里，华兹华斯很有可能

接触到孔狄亚克的思想，也可能由此而对阐释并延伸孔狄亚克思想的所谓"意识形态"学派（idéologues）感兴趣。

阿尔斯莱夫的猜想并非空穴来风。首先，不得不承认华兹华斯的语言观与洛克的哲学之间最本质的区别在于语言的来源问题。洛克认为语言是人天生就被赋予的能力，被用于表达人脑中的思想；而华兹华斯认为语言来源于自然，人通过诗歌用文字所描写的意象来感受自然的影响。这是两种语言观不可调和的区别。但在其他方面，华兹华斯的语言观中确实有不少洛克和孔狄亚克思想的影子。阿尔斯莱夫说："华兹华斯尽管抵制 20 世纪的诗歌惯例和占主导的诗学理论，他自己的批评理论却建立在同一个时代的哲学上，那个时候的哲学赋予语言在理解（人类的）学习、交流和表达潜力（等问题时）的中心地位。"（373）

洛克认为，即便是天生被赋予语言能力，人们在表达时也会出现模棱两可的情况，这是因为语言符号"反复无常"的特性（arbitrariness）。华兹华斯在《〈抒情歌谣集〉序言》中虽然强调语言根植于自然，但承认语言具有洛克所谓的"反复无常性"。不同的是，在华兹华斯看来，导致这种特性的原因在于 18 世纪的"诗歌词藻"（poetic diction）以及诗人有意使用的"作诗技巧"（poetic artifice）。为了消除语言这种反复无常的特性，华兹华斯提出了两种途径：第一，诗歌必须是"强烈情感的自然流露"。第二，诗歌必须使用"真正大众使用的语言"。这种语言应该来自"淳朴的社会底层"的人们，他们"说着一种更朴素更显著的语言"，他们的"热情与美丽永恒的自然之物相融合"，"无时无刻不与最初产生最美好语言的最美好的物体进行对话"（WLC 71 – 72）。

作为自发的感情流露的诗歌与孔狄亚克的 "les cris naturel" 非常相似，孔狄亚克认为那是人类天生就有的语言，是情感最直接的表达方式。这种语言能够逐渐扩大人脑的认知，人脑的认知也将更加完善这种语言。语言文字在表达时反复无常的特性，也就是诗歌语言的 "私人性" 和 "主观性"，来源于洛克的思想；华兹华斯认为真正 "大众使用的语言" 可以对语言的缺点进行 "矫正"，这个观点与孔狄亚克及其追随者的思想非常类似。"矫正"（rectifacation）是法国 "意识形态" 学派学者德斯蒂·德·特拉西（Destutt de Tracy）的用词，他的观点后来被德国思想家洪堡借用。

二、海德格尔与德国早期浪漫主义

德国早期浪漫主义，也就是耶拿浪漫派（The Jena Romantics），诞生标志为 1798 年《雅典娜神庙》（The Athenaeum）杂志的发行。该杂志由施莱格尔兄弟（Friedrich Schlegel，August Wilhelm Schlegel）主持，撰稿人包括诺瓦利斯（Novalis）、蒂克（Ludwig Tieck）、谢林（Friedrich Wilhelm Joseph Schelling）、费希特（Johann Gottlieb Fichte）和施莱马赫（Friedrich Daniel Ernst Schleiermacher）。海德格尔的思想与早期浪漫主义在语言观以及思辨方法上有诸多相似之处。

海德格尔对浪漫主义持批判态度，表面上势不两立。通常意义上的浪漫主义重视人的想象力和主体性，因而被认定是唯心主义，是形而上学的残留，而形而上学是海德格尔倾其一生的颠覆对象。安德鲁·鲍伊（Andrew Bowie）就说："海德格尔从未……认真注意过浪漫主义的观点。"（Bowie 167）海德格尔本人对浪漫主义最详尽又简洁的批判出现在《对哲学的贡献》（*Contributions to Philosophy*）：

> 浪漫主义并未结束。浪漫主义再一次尝试美化存在者（beings），在对抗详尽的解释和盘算之时只能达到对解释和盘算的些许超越或仅仅在其一侧徘徊。这种美化"号召"复兴"文化"，呼吁植根于"民众"，并且努力实现与每个人的交流。（349）

海德格尔把浪漫主义归于形而上学，称之为形而上学的大众化形式，为人们对世界的认识带来活力，造成一种"新观点来了"的假象。对他来说，浪漫主义"浪漫化全世界"的理想只是一种对语言的操控，通过奇怪的文字组合或修辞手法为世界重新蒙上一层神秘的色彩，将人们的注意力从日常琐事移开。海德格尔虽然批判浪漫主义对存在的忽视，批评其不该止步于存在者，但他对浪漫主义的研究方法还是持褒扬态度。

海德格尔对浪漫主义是"语言游戏"的指控，范得维尔德（Pol Vandevelde）不以为然。他反驳道，也许浪漫主义不总是达成自己的理想，但他们所做的远远不止是文字工作。在浪漫主义的思想体系中，诗歌是一种能够产生实体论效果的超自然的行为，是一种对现实的重组，语言的使用居于次要，主要目的在于找回文字与事物之间原本存在的重叠。他认为这就是为什么奥古斯特·施莱格尔称诗歌是"最本源的，最初的艺术以及所有艺术的母亲"（A. Schlegel 227）。

海德格尔所谓浪漫主义即形而上学的观点，作为二战后研究唯心主义和浪漫主义的著名德国哲学家，曼弗雷德·弗兰克（Mansfred Frank）并不认同。他认为浪漫主义的观点中包含向现实主义回归的元素，他说：

> 我已经 …… 提出过早期浪漫主义和唯心主义的明显区别。在唯心主义的观点之下——尤其在黑格尔的强制影响下——意识被认为是自给自足的一种现象，能够仅凭一己之力就搞清楚自身存在的前提；与之相反，早期浪漫主义则确信自身的存在归功于一种先验的基础，它不会自我消融于内在的意识。（Frank 178）

范得维尔德认为，海德格尔虽旨在做出比浪漫主义更激进的事业，但仍然以浪漫主义的成就为开端。施莱格尔、诺瓦利斯和施莱尔马赫（Schleiermacher）等浪漫主义哲学家发展了诗歌的先验功能，20 世纪 30 和 40 年代的海德格尔则把诗歌和哲学合为一体。范得维尔德认为，哲学家既然身在一个传统中，就难以避免被早先思想家影响。但是在新的框架中诠释哲学的新方式，令人们一时难以辨认他们的真实面目。他认为这就是海德格尔和早期浪漫主义的关系。海德格尔说过，一位思想家的意义在于用新的框架重新解释前人的哲学观点。他说："只有伟大而心胸开阔的人才能真正被影响。"（Heidegger, *Hölderlins's Hymnen "Germanien" und "Der Rhein"* 85）或许正如汉娜·阿伦特（Hannah Arendt）所言："海德格尔实际上（我们希望）是最后一个浪漫主义者——似乎就是，一位拥有

巨大天分的弗里德里克·施莱格尔或者亚当·穆勒（Adam Müller）。"（Pöggeler 31）

三、英德浪漫主义背景下的华兹华斯

自 18 世纪以来，德国人阅读的英国诗人首先是莎士比亚，1820 年之后拜伦也跻身进来，并被认为享有几乎同等重要的位置。但在法国大革命之后的时期，华兹华斯开始受到更多关注，究其原因，大概有三方面。

首先，英德两国的文学发展呈现出同样"大众化"和"回归自然"的走向。法国大革命带给欧洲人民的巨大乐观，在恐怖政策之后突然消沉。席勒从中总结出现代社会的症结所在，即文明与自然的分离，一种从古希腊衰落开始对理性和逻辑的病态依赖所产生的具有削弱作用的分裂。在德国，以施莱格尔为首的学者质疑诗歌是一种单一文学流派的说法。施莱格尔心目中的文学，其目的是对世界的浪漫化，是缩小文学世界和现实世界之间的距离，呈现文学对现实生活、国家命运以及时代的影响。

德国诗人席勒呼唤回归自然，一种只有具备新派"感性"诗歌带来的洞察力才能实现的"完整"："我们的文化将带领我们，取得理性和自由，重回自然。"（NS 213）在当时的德国文坛，感性诗歌与理性诗歌的分裂，集中体现在席勒和歌德截然不同的诗风上。歌德说过：

古典和浪漫主义诗歌的概念，现在弥漫全世界而且引起那些冲突和分裂……起源于我和席勒。在诗歌上我追随且只愿

追随客观的原则。但席勒的方法是完全主观，他坚持那是正确的方法，为了反对我还写了关于天真诗人和伤感诗人的那篇文章。（Lesley Sharpe 10）

　　德国文学家中具有截然不同风格的歌德和席勒，在英国文学中也有相对应的诗人，柯尔律治和华兹华斯。两个组合在合作编写歌谣集的过程中均有清晰的分工：同在华兹华斯和柯尔律治开始合著《抒情歌谣集》的1797年，席勒和歌德也开始叙事谣曲的创作。在《文学传记》（*Biographia Literaria*）中，柯尔律治称诗歌的"事件和主角""将会是，至少部分是，超自然的"。而华兹华斯的主题，"将从平凡生活中选取"，将会"为日常事务赋予新鲜的魅力"（179－180）。这部诗集声称要探寻中下层阶级的会话语言能在多大程度上带来诗性的愉悦；简言之，这是一部关于并且为了"大众"创作的作品。诗人表现出来的对民间歌谣的兴趣是了解英德文化之间联系的关键。华兹华斯《抒情歌谣集》第二版的序言被认为是英国的浪漫主义宣言，而席勒的《论人类的审美教育书简》在德国浪漫主义运动中也有相同的地位。约翰·威廉斯（John Williams）认为，歌德是德国的柯尔律治，席勒尽管偶尔与柯氏相似，总的来说更像是德国的华兹华斯。

　　其次，在同一时期的英德两国，与"大众化"诗歌潮流并行的，是古希腊的古典主义自然观。耶拿学派哲学家，如弗里德里希·施莱格尔、谢林和诺瓦利斯的"浪漫主义诗歌"（Romantische Poesie）概念，认为诗歌来源于生活的各个方面，是一种综合性的审美理想。艺术家的创造性是万物背后普遍能量的一种表达；也就是赫尔德所说的"die Urkraftaller Kräfte"。赫尔德认为，诗歌必须以它自然性的形式存在，也就是在"艺术出现并压制其自然性之前"的形式。他还说，"诗歌"是适用于一切艺术创作的术语；它确立了从自然到艺术的连续性，"所有形式的人类创作都只是自然本身创作的表象、表现和发展……"（Beiser 21）。贝瑟尔（Frederick C. Beiser）认为这将施莱格尔等耶拿学派的学者带回到古典文化，柏拉图和亚里士多德，从而在基督教与古典主义素材两种文化典范之间形成一种张力。

在 1776 年出版的《最古老的人类档案》（*The Oldest Document of the Human Race*）中，赫尔德（Johann Gottfried von Herde）将《圣经》关于伊甸园、堕落以及回归的讲述改写成自己的通用历史故事；他说，"圣经故事，尽管语言简单到儿童都读得懂，却饱含了整个人类以及其中每个成员的真实历史"（*NS* 202 – 03）。莱辛（Gotthold Ephraim Lessing）在 1780 年《人类的教育》（*The Education of Human Race*）一文中说：

> ［他］将《圣经》中关于人的堕落和拯救的启示改写为关于人类理智和道德进化教育的世俗历史故事，集合上天的意旨和迫近的历史原理，将个人的成熟阶段等同于文明的发展阶段，坚持用通向完美的漫长道路上的辛苦旅程比喻教育的过程。（*NS* 201 – 2）

亚伯拉姆斯认为，这种哲学向个体和世俗生活的转向为华兹华斯作品在德国的译介和接受营造了适宜的环境。华兹华斯自诩为：

……诗人当中受到"先知精神"启示的最年轻的一个，正因如此，他被赋予一种"想象力"（vision），使他自诩能够在诗歌主题的范围和大胆革新方面胜过弥尔顿的基督教故事。想象力即是有关人类心灵令人敬畏的深度和高度，心灵通过与外界自然的神圣结合，使自身拥有足够的力量，在我们所有人的世界之外，以一种平凡和周期性的奇迹，创建一个等同于天堂的新世界。（*NS* 28）

提到古典文化，可能就会想到多神论，而恰恰就在 18 世纪 90 年代的英国，柯尔律治和华兹华斯正致力于创作这样的诗歌。基督教与古典主义素材之间的张力在华兹华斯的很多作品中都有体现，尤其是《远游》（*The Excursion*）。不论是 1820 年的雅各布森（Friedrich Johann Jacobsen）还是 1914 年的菲利克斯·古特乐（Felix Güttler），在德国读者眼中，《远游》始终保持着华兹华斯代表作的地位。

第三个原因与欧洲的政治环境有关。德国读者欣赏华兹华斯的爱国热情，当爱国热情还以谴责拿破仑的形式出现，他们就更加欢欣鼓舞。他们深爱华兹华斯作品中的英国特色，也正因如此，作品与读者以及译者之间渐渐产生一条感情纽带，既特别又真挚。当时德国的艺术氛围非常包容，原始的民间素材很受欢迎，艺术家擅长在经历中发现精神脉络，自然界的森林、湖泊、山川以及乡村故事比较流行。华兹华斯的作品和生活无疑具有上述特点。

华兹华斯诗歌中与"天真"并存的哲学深度，将德国读者带回到他们熟悉的古典思想传统中。他们喜爱华兹华斯的诗歌渗透的与自然的联系，欣赏他用饱含宗教与爱国热情的语言描述自然的进程。除此之外，吸引德国读者的，还有华兹华斯对当下重大历史现状和政治问题的关切。面对华兹华斯批判拿破仑帝国野心的政治十四行诗，以及他对德国英雄之一安德烈亚斯·霍费尔（Andreas Hofer）的赞美，他们简直无法抗拒。

　　除了以上三个原因，华兹华斯在德国的广泛接受，还得益于两位译者——英国人亨利·克拉布·鲁滨孙（Henry Crabb Robinson）和德国人弗里德里希·雅各布森。他们都敏感捕捉到德国读者在特殊时代里的精神需求，不失时机地推出华兹华斯的作品。第一位把华兹华斯诗歌带到德国的是克拉布·鲁滨孙，他早年时期因为抗议英国的流行文学品味而于 1800 年来到耶拿大学，学习五年。1800 年来到德国的时候他就带着华兹华斯的《抒情歌谣集》，从诗集的诞生之日起，他就是华兹华斯的忠实读者。鲁滨孙在德国的时候是一位德国文学的狂热爱好者，尽可能拜访当时的大人物，并向他们宣传自己国家文学天才们的优点。鲁滨孙第一时间注意到华兹华斯与施莱格尔思想方面的相似。1800 年 6 月在法兰克福，他在日记中这样写道：

　　　　几天前我有幸与一流诗人之一的伟大的美学家 F·施莱格尔交谈；他的哥哥是莎士比亚的德文译者。他似乎很喜欢华兹华斯的几首诗。我们谈了我们国家的英语诗人……（Robinson 122 –3）

　　1803 年，他又在日记中记录了与赫尔德的会面：

以我之前对他的了解，我感觉尽管声名显赫，他在品味和性情上应该与我有不少相似之处，所以在见他的时候我又喜又怕。我借给他华兹华斯的《抒情歌谣集》，我对这本诗集的喜爱丝毫不因为我热爱德国诗歌而减少。我发现赫尔德与华兹华斯在诗歌语言方面的看法一致，实际上华兹华斯在这方面的观点非常德国化。他们二人"在道德和宗教等方面也有共识"。（Robinson 154）

对华兹华斯在德国的早期传播做出贡献的还有德国人弗里德里希·雅各布森。雅各布森的专业是法律，但对英国文学，尤其是英国诗歌特别喜爱。他非常友好、健谈，在 1820 年出版了《致一位德国贵族的有关英国新诗的信件》（*Letters to a German Nobleman on the New English Poetry*），献给九位德国贵族女性，向他们介绍英国诗人。

雅各布森的书是对克卢克霍恩（Kluckhohn）、维甘德（Wiegand）及其他人提出的"彼得麦式风格"（Biedermeier）的认可，这被认为是 1815 到 1848 年间德国文化的特点。维吉尔·尼莫埃诺（Virgil Nemoianu）如此总结"彼得麦式风格"："对道德的倾向，现实主义与理想主义的混合，平静的家庭价值观，田园式的亲密无间，少点儿激情，安逸，知足，天真的诙谐，口语化，保守主义，相信命运（resignation）。"（Nemoianu 4）华兹华斯诗歌对雅各布森的吸引以及在德国的流行，在尼莫埃诺的总结中均可看出端倪。

雅各布森所选诗作，大部分出自 1815 年的两卷本《诗集》和 1814 年的《远游》，由此可见他的选择标准，大抵在于诗作符合他心目中德国民族诗歌的发展典范。比如，他尤其喜欢《致山地少女》（*To a Highland Girl*）和《阳春三月作》（*Written in March*），认为这两首作品符合诗歌典范，即想象力强烈而又真诚的流露。《有一种束缚》（*There is a bondage worse，far worse，to bear*）所表现出来的是雅各布森所赞赏的爱国诗人的特质。自然诗人超越日常生活的混乱，歌颂一种哲学意义上的美和平静，在与自然的深入交流中获得面对人类苦难和不公的对策。这首十四行诗传达了一种政治自由的道德和精神目的，认为面对自然时的麻木远比暴君强加给人的"屋檐、地面还有墙壁"（line3）——也就是世俗监狱的束缚可怕。

第三节　海德格尔的语言存在论

海德格尔认为，西方的形而上学思想传统只关心存在者是什么，而忽略了最根本的问题，即存在者如何存在的问题。也就是说，形而上学只关心实实在在、可触可感的万物，而忽略了安置万物、使其存在并运行的根本，即他称之为"存在"的神秘之物。"存在"的概念，归根结底，是哲学家对意识与客观世界、主体与客体关系的定义。而主体对客体的理解、表述，又必然以语言为载体。因此，海德格尔对"存在"概念的思索与发展，自始至终围绕着一个中心问题：语言与"存在"的关系。

《存在与时间》是海德格尔早期哲学思想的代表作。在这部著作中，他以思考"此在"（Dasein）这一特殊的"存在者"为出发点，讨论语言与"存在"（Sein）的关系问题。这本著作涉及语言的篇幅虽然不多，却是海德格尔后期语言观的开端。海德格尔批判形而上学，他说，"就形而上学始终只把存在者作为存在者表象出来而言，形而上学并不思存在本身"（孙周兴 14）。在他看来，"存在"和"存在者"是一回事，是"存在""显－隐"二重性的两面，"存在"通过"存在者"显示自身，"存在者"隐入"存在"以居有自身，因此不能将二者分开对待。

不妨以佛教经典来解释。"存在"与"存在者"的关系，与《华严经》中"一"和"一切"的关系相类似。经文中说，一切即一，一即一切。又以"尘"喻"一"，称从"一"到"一切"的转变是"舒"，从"一切"到"一"的转变是"卷"。经文中说："今卷，则一切事于一尘中现；若舒，则一尘遍一切处。"（冯友兰，《中国哲学史》下，125）"存在"犹如"悠悠空尘"，无法看见，因此是"无"；"存在者"可作为对象摆在人们面前，所以是"有"。海德格尔打比喻说，"无"就是"存在"的面纱，就是说，揭开"无"这个表象就可以探寻"存在"了。"存在"与"存在者"是"存在"本身既"显"又"隐"的一体化运作，它们之间的差异是"亲密的区分"。

《般若心经》里有关"色"与"空"的讲解亦与之同趣。《般若心经》说，"空即是色，色即是空"，其中的"空"是万物之归隐，因而不可见，所以是"无"；"色"则是形形色色可触可感的"存在者"，因此是"有"。《红楼梦》第一回，空空道人在青埂峰一座大石上看到顽石入俗世的经历，为之称奇，抄下赠与世间男女。在这一过程中，空空道人"因空见色，由色生情，传情入色，自色悟空"，说的也是同样的道理。"因空见色"是说由"存在"

（无）而生出作为表象的形形色色的万物（存在者），因此说"见色"，"自色悟空"是相反的过程，是由形形色色的万物参悟隐藏在其后的"存在"（空），因此说"悟空"。只不过《红楼梦》里加入人生观、爱情观的元素，因此多了"情"这个环节。

　　"此在"就是存在学上来讲的"人的存在"，是"存在"的一种表现形式，海德格尔认为具有更高普遍性的"存在"是在"此在"这个具体"存在者"的存在中特别地显现出来的。也就是说"此在"（人）领悟并表达"存在"，"存在"于"此在"（人）的领悟中显示自身。因此，海德格尔的早期存在学叫"基本存在学"，就是以"此在"为基础的存在学。海德格尔说："于是乎，存在问题不是别的，只不过是把'此在'本身所包含的存在倾向极端化，把先于存在学的存在领悟极端化罢了。"（孙周兴 23）也就是说，没有"此在"，或者"此在"不领悟，"存在"就无法显现。

　　在《存在与时间》中，海德格尔把普遍意义上的语言分为言谈（Rede）和语言（Sprache）。言谈（Rede）是语言的实存论存在学基础，是存在学意义上的语言，而语言（Sprache）是言谈的外化，两者之间是显和隐的关系。语言（Sprache）可以捣碎成现成的词语，作为一般语言学研究的对象，言谈则是其所以能够发生的基础。这个关系似与索绪尔语言（Langue）和言语（Parole）的关系同趣。言谈对于"此在"（人）有着非常重要的意义。它把"此在"的当下的、具体的、个别的领悟状态联结起来，"此在"在言谈（Rede）中道出自身，于相互的传达中产生"共在"的领悟，也就是说，不同的"此在"（即人）在言谈中共同分享世界。海德格尔从词源学的角度讨论逻各斯，进而谈论语言。他认为逻各斯的本义是言谈，是语言的存在学基础。而形而上学语言观割断逻各斯与"存在"的联系，把逻各斯定义为逻辑，把语言作为可以摆在面前的"存在者"，用逻辑和语法控制语言，像使用工具一样对待语言，剥夺其源始的意指功能，割断语言与所表示的物之间的天然联系。

海德格尔的基本存在学，旨在反对传统存在学或形而上学的主体论，消解把世界"对象化"为材料和工具并把语言当作工具使用的孤独而空虚的主体"人"，将其作为一种特殊的"存在者"——"此在"，通过"此在"与"存在"的一体关系消除主 - 客体的对立。然而，以形而上学影响之大之深，海德格尔恐怕也难以逃脱。海德格尔把"此在"（人）作为一种特别的"存在者"，本意是将主体与客体相联系，然而，"存在"只有当"此在"（人）领悟时才能呈现自身，这种观点实际上是唯心主义的表现，即主体不领悟客体就不存在。海德格尔把"此在"与"存在"相联系，以"存在的人"取代知识学上的"知识的人"、秉承"我思故我在"思想认为自己无所不能的人，其实是在存在学上巩固了主体的根基，他的前期哲学或可被称为"主体哲学的后唯心主义阶段"。

在《尼采》一书中，回顾早先的工作，海德格尔认为，《存在与时间》中的哲学思想，"违反其意愿而进入一个危险的境地，即只是重新增强了主体性 ……"（孙周兴 91）这些不足之处促使海德格尔做进一步的思考，以继续自己反对传统形而上学的哲学大业。在 20 世纪 30 年代之后的 20 年中，经过不断的探索和思考，海德格尔在思想上开始转向，放弃原先那个具有迫切意欲、积极主动、无所不在并且无时无刻不在领悟"存在"的"此在"，以一个心平气和、默默应答并接纳"存在"的"人"取而代之。并且，后期所集中讨论的话题也不再是主体，而是语言。此外，为摆脱形而上学的概念和语言，海德格尔还改用了伽达默尔所谓的"特殊的半诗性语言"（Michelfelder and Palmer 24），尝试通过对诗歌文本的解析来诠释思想。

　　1935 年出版的《形而上学导论》主要是对希腊思想的探究。海德格尔认为，从苏格拉底—柏拉图开始，人类思想史就进入形而上学阶段，处于"存在被遗忘的状态"。即便如此，古希腊的哲学家还多多少少保存了一些过去的思想。直到后来，古典作品被翻译成拉丁语，希腊哲学的源始本质更被隔断和异化，希腊语中既包含词语又包含其所言之物的逻各斯自此只剩下词语，语言开始沦为人类的工具。在这部著作中，海德格尔首先导入对基本问题的追问，即形而上学该问却没问、而他反复在问的问题——"究竟为什么在者在而无反倒不在？"用佛教的词汇来改述，这个问题就是：人们究竟为什么只能"见色"而不能"自色悟空"？海德格尔认为问题的答案很简单，就是形而上学遗忘了"存在"。"存在"也就是"无"或"空"消失不见，语词的意指力量减损殆尽，"存在者"也就是"在"，变成了"一个空洞的语词和一团飘忽不定的迷雾"，也就是说，变成意义模糊的符号。（《形而上学导论》51）海德格尔从"存在"来思考语言的起源，认为语言出自一个"巨大者"，也就是不断涌现运作的存在，而人介入"存在"之"突现"（突然显现），感受接纳到其暗示的讯息，才能掌握运用一种与"存在"紧密联系的语言。海德格尔认为这样的语言就是"原诗"，是由人表达出来的"存在"之语言，如果"存在"是不可说的"道"，那么偶尔由人说出来就是"道成肉身"。海德格尔认为古希腊早期的荷马等诗人的作品就是"原诗",而人类只有回到苏格拉底之前的古希腊,"重新获得语言与语词之未遭破损的意指力量"(《形而上学导论》15)。

　　除古希腊早期诗人外,德国浪漫主义诗人荷尔德林的作品也为海德格尔提供不少灵感及素材,或者也可以说,海德格尔"借助荷尔德林的诗来构筑他的存在之思"(孙周兴230)。自1934到1944的10年间,海德格尔对荷尔德林的诗歌做了不少阐释工作,除了文章之外,他还在几次演说中谈及荷尔德林的诗歌。这些都被收入《荷尔德林诗的阐释》。用海德格尔的话说,荷尔德林与他之间是"非此不可的关系"。按照伽达默尔的解释,海德格尔尝试用荷尔德林的语言超越形而上学的语言,海德格尔本人则认为,这是出于"思想的必然性"(《荷尔德林诗的阐释》1)。他说,对诗的阐释就像落雪覆盖晚钟,必将越发使人看不清其本来面目,而他对荷尔德林的阐释,"乃一种思与一种诗的对话;这种诗的历史性的唯一性是绝无可能在文学历史上得到证明的,而通过思的对话却能够进入这种唯一性"(《荷尔德林诗的阐释》2)。

　　在《荷尔德林和诗的本质》一文中,海德格尔用五句诗来阐释他的语言观。这里重点介绍其中的三句。第一句说道:"因此人被赋予语言/那最危险的财富……/人借语言见证其本质……"(《荷尔德林诗的阐释》34)按海德格尔的理解,语言描写存在者,就有可能遮蔽存在,描写本质(存在)的词语与本身是假象(存在者)的词语混在一起,人们无法辨别什么是存在真正的暗示。这就是语言的危险。海德格尔选的另一句是这样的:"人已体验许多。/自我

们是一种对话，/而且能彼此倾听，/众多天神得以命名。"（同上）
海德格尔解释说，人的语言源始于人与存在（荷尔德林诗中的"天
神"）的相互倾听和应答，人响应"存在"而说话，"存在"在人
的说话中得以命名并显示自身。最后一句："但诗人，创建那持存
的东西。"（同上）海德格尔认为"存在"并非一成不变，而是在
不断运作不断涌现，只有诗人揭示"存在者"本质的命名才能使其
显现，正如他在《林中路》里所言，"诗乃是存在的词语性创建"
（《荷尔德林诗的阐释》44）。

《林中路》收录了一些海德格尔在 20 世纪 30 至 40 年代的文
章，他在这些文章里继续对西方形而上学进行批判，思考虚无主义
的本质和技术的本质，以及在虚无主义盛行的技术时代里诗人的责
任。海德格尔认为自柏拉图之后兴起的形而上学遗忘了"存在"，
西方世界进入尼采"上帝死了"之后的"虚无主义"时代，也就
是精神生活的无根状态。海德格尔称之为"无家可归状态""世界
黑夜的时代""贫困时代""虚无主义""上帝之缺席"等。海德格
尔说："在贫困时代里作为诗人意味着：吟咏着去探索远逝诸神的
踪迹。因此，诗人就能在世界黑夜的时代里道说神圣者。"（《林中
路》260）这里的神圣者是指诸神的共性，也就是"存在"，诗人
"探索源始诸神的踪迹"，即探索"存在"的踪迹。作诗，就是对
诸神进行命名，这种诗意词语的命名力量来自诗人对"存在"的响
应。诗人截获"神圣者"即"存在"的"暗示"，进而将此"暗
示"传达给民众。海德格尔认为诗人是作为"终有一死者"
（Sterbliche）的人类里唯一可以将世界拯救出黑夜的人。

在 1946 年出版的《关于人道主义的书信》一文中，海德格尔

首次提出"语言是存在之家"。这个说法有两层意思：首先，语言与"存在"的关系——语言是"存在"之真理的发生和运作，也就是说，语言是"存在"的表现形式。海德格尔这里的语言包括思和诗，也就是擅长"运思"的哲学和诗性语言。语言揭示"存在"，是"存在"由隐到显的运作和展开，是"存在"之真理的澄明发生，海德格尔称语言的这种功能为"解蔽或无蔽"（Aletheia）。其次，从人与语言的关系方面思考了人的本质。人通过思与诗在"语言"这个"存在之家"里看护着"存在"；如果人不在这个家，也就是说，如果把人作为主体与"存在"对立起来，"存在"就会被遗忘，就会出现语言的荒疏，人的沉沦，虚无主义等黑暗时代会有的现象。不难看出，比起早期思想中积极领悟"存在"的"此在"，此时的人的能动性被大大削弱，可以说海德格尔逐渐跳出二元论的逻辑和形而上学的思维定式，来重新理解和解释语言现象，这是难能可贵的。

然而即便如此，语言与"存在"的关系，仍未得到完整地表达，因为"存在""显—隐"一体的运作，包括两个阶段：从隐到显的展现，和从显到隐即回归本源。在后来的运思中，海德格尔主见发展出"物化"和"世界化"两个概念，"物化"是存在"由多到一""由显而隐"的运作，反之，则是"世界化"。"物"与"世界"如同"存在"与"存在者"一样，是"存在"的一体化运作，它们之间的关系是"亲密的区分"。语言对于"存在"的揭示也是一样，既有"由隐而显"的"解蔽"，又有"由显而隐"的"聚集"，即"逻各斯"。海德格尔认为前者的体现是"诗"，后者的体现是"思"，此时"思"的定义及其与"诗"的关系发生了细微的改变。

　　为摆脱形而上学的语言，去语障，解心囚，海德格尔一直在思考并不断修正自己的哲学体系。在《面向存在问题》一文中，海德格尔发明了一种独具一格的书写方法——删除法。"存在"一词被打上叉，这一为摆脱形而上学概念体系而采用的无奈之举，用海德格尔的话说，用来"阻止那种几乎是根深蒂固的陋习，即把'存在'像一个自立的、偶尔才摆在人面前的对立事物那样表象出来的习惯"（孙周兴 332）。"存在"被打上叉表示"有待思考"或"难以言传"。这样的"存在"有些类似于海德格尔后期的"大道"（Energnis）① 了。

　　早在 1935 年海德格尔就开始在手稿中使用"大道"（Energnis）一词，这些手稿可能就是他去世以后出版的手稿《哲学论稿——从大道而来》（成稿于 1936—1938 年）。在海德格尔生前公开出版和发表的作品中，使用"大道"一词始于 20 世纪 50 年代。在《同一与差异》（1957 年）和《在通向语言的途中》（1959 年）中，"大道"一词开始频繁出现并得到详细的论述。其中的原因，应该与海德格尔反对形而上学的立场有关，也许他在思虑成熟之前，不愿抛出这个撒手锏，以免像早期的思想那样，落入西方哲学传统的圈套。海德格尔的"大道"，高于早期思想中的"存在"：在本质上超出了一切形而上学的规定性，已经逸出了形而上学的概念之外，

---

① Ereignis 一词的译法有很多，比如张祥龙的"自身的缘构成"或"缘构发生"，孙周兴的"大道"和"本有"，宋祖良采用德语意思直译的"发生"，陈嘉映的"本是"，王庆节的"自在起来"等。详见王庆节《也谈海德格尔"Ereignis"》的中文翻译和理解（王庆节. 解释学、海德格尔与儒道今释［M］. 北京：中国人民大学出版社，2009：129 - 139）。本书采用孙周兴的译法。

有些类似于庄子的"非言"。也可以说，"大道"就是被海德格尔打上叉的"存在"，其最突出的特性就是不可言说性。

海德格尔曾与中国学者萧师毅合译《道德经》①，关注老庄之学和佛教。"Energnis"一词，在意义上与老子的"道"非常相近。《道德经》开篇就说："道可道，非常道。名可名，非常名。"庄子也说："道不可言，言而非也。"佛典《五灯会元》说道："才涉唇吻，便落意思，尽是死门，终非活路。"说的都是这个"不可言说性"。海德格尔的"大道"，可大可小，可隐可显，不是一切的主宰，也不是绝对的所指，译为"大道"似乎很贴切。

"道说"（Sage）是"大道"的自行运作和展开，是"大道"的语言。在与日本教授手冢富雄的对话中，海德格尔表达了"道说"命名的原因及意义。他避开欧洲人称呼语言的词语，如Sprache、Langue 以及 Language，认为这些都是作为人的工具的语言，要挣脱形而上学传统，就必须另行其道。海德格尔不想让"道说"（Sage）遭受同样的命运，但是为了表达哲学思想，又不得不勉强称之为"道说"。"道说"包括道说的行为（Sagen）、道说者（Gesagtes）和所要道说的东西（das Zu－Sagende）。而道说（Sagen）就是以暗示的形式让显现和让闪亮（Erscheinenund Scheinen-lassen）。"大道"的运作与前期的"存在"类似，有显和隐两面；"道说"（Sage）于是既是"解蔽"或"无蔽"（Aletheia）又是"聚集"（Logos）。

海德格尔1959年1月所做的演讲《走向语言之途》，比较集中

---

① 详见萧师毅. 海德格尔与我们〈道德经〉的翻译［J］. 世界哲学, 2004（02）: 98－102.

地阐释了他后期的语言思想，这篇文章后来被收入《在通向语言的途中》。在他哲学思想的这个阶段，"存在与语言"的思想主题发展成"大道与道说"。这条通向语言的道路，很贴切地表达了海德格尔"道说"与"人说"之间的关系，他用一个公式表示这条道路："把作为语言的语言带向语言"（Die Spracheals als Sprache zur Sprache bringen）。（《在通向语言的途中》239）第一个"语言"，说的是语言的本质，作为语言本质的语言，顾名思义就是道说。第三个"语言"是"人说"。之前的"语言是存在之家"，已经表明人与"存在"、人与语言的关系，人总是在语言之中，看护"存在"。所以，"道说"与"人说"也不是先后发生的关系，而是同时发生。"大道"道出自身，海德格尔称之为"成道""道说"或者"道示"，同时人在倾听"道说"并将其付诸有声词语之中，便成"人说"。"人说"也有两种，思（聚集或者逻各斯）和诗（解蔽或无蔽）。然而"人说"（人的语言）不可能完全表示"道说"（道的讯息），永远在通向"道说"的路上，无限接近道说。哲学家和诗人分别通过"思想"和"作诗"响应"道说"，尝试言说其不可言说的神秘。

第四节 华兹华斯的语言思想

华兹华斯有关语言的论述，最早出现在《抒情歌谣集》的一系列散文作品中——1798 年的《公告》（*Advertisement*）、1800 年的《〈山楂树〉注解》（Note to *The Thorn*）、第二版诗集的《序言》

（*Preface*）以及 1802 年《〈抒情歌谣集〉与田园诗和其他诗歌》的序言等。而他的三篇《墓志铭随笔》（*Essays upon Epitaphs*）里，不仅提供关于诗歌语言的系统论述，而且将其与人类的生存状态进行类比，将诗人对语言的关切提升到哲学思考的高度。第一篇随笔在 1810 年的《友人》（*The Friend*）中刊出，1814 年又随《远游》（*The Excursion*）出版；另两篇在华兹华斯去世之后才引起关注。这三篇散文表面上谈墓志铭的语言风格，实际上用墓志铭与逝者的关系探讨人类语言再现自然时的"充分性"（adequacy）问题，无论深度还是系统性都超越之前的散文作品，"比华兹华斯的其他散文更直接地论述了语言——确切地说是诗歌语言——再现世界的准确性"（Ferguson 28）。

华兹华斯在第一篇《墓志铭随笔》中写道，人在童年的时候不会萌发纪念亲人或被人纪念的想法，即使在成长过程中学会去爱，或者掌握了理性，也不一定懂得纪念的意义。但是，当成长到某个阶段，心灵突然接收到"永生"（immortality）的某种"暗示"（intimations），才开始产生纪念和被纪念的欲望。人在生命的最初阶段，同田野里奔跑的羊羔或其他无理性的生物一样，天然地与"永生"共存，正因如此，他们毫无匮乏感，完整、快乐而又无知地存在。也就是说，刚出生的婴儿天然地与永生相联系，在他眼中没有生与死的概念，他感受到的"永生"就像"无限"一样无处不在；随着年岁的增长、知识与经验的积累，孩子心中有关永生的印象越来越微弱。他开始接触并感受死亡，同时又渴望那已经消逝的"本性中最宝贵的东西"，对死亡的恐惧与对永生的怀念，共同促使他萌发纪念与被纪念的想法。当面对一条小溪，一个天真的孩子也许不会思考推动溪水流淌的动力或水流的源头。然而，一旦他开始思考这些问题，就必然会有更多的问题接踵而至，华兹华斯说，"从哪儿来"（origin）和"往哪儿去"（tendency）这两个问题从来都是成对出现的。

至于溪水的源头和终点，华兹华斯说：

（这个问题）的答案，尽管其文字表述可能是"大海"或者"海洋"，也可能配有从地图上获得的符号或来自大自然的意象——这些都只是文字，而答案的"精神"（spirit）必然是，——一个无边无际无穷无尽的容器；——至少相当于哲学上的"无限"（infinity）。（*WLC* 123）

现实中小溪的起点也许只是一处小小的泉水，可能在奔向大海的中途干涸，然而这些都没有关系，因为华兹华斯试图解释的并非是一个地理学上的概念，他用一个比喻恰当地道出文字与真正所能表达的意义的关系，实际上也是他在《永生的信息》与其他诗作中试图阐明的永生与生命的关系。他说，当孩子开始思考"从哪儿来""到哪儿去"的问题，他与永生之间那条天然的纽带就被割断。打个比方，如果永生是浩瀚无垠的大海，那么此时孩子仅存的关于永生的印象已变得渺小而模糊，就像地图上表示海洋的符号或者"大海"这个语言符号。也许正因如此，永生被华兹华斯赋予各种美好的名称，比如"天国的光辉""梦境的荣光""已逝的往昔""永恒之海""幽渺的往事""终古不息的海浪滚滚"及"鲜花往日的荣光，绿草昔年的明媚"① 等等。

对华兹华斯来说，诗歌是超越语言（ultralinguistic）并且超越人类的艺术，因此，他的三篇随笔也并非谈论某种文体或者某位逝者，而是在谈诗歌语言与"永生"的关系。若把《抒情歌谣集》中的诗歌作为一个整体进行分析，会发现《永生的信息》中所表达的主题不断重现，这个主题同时也是华兹华斯长篇自传体诗《序曲》主题的浓缩，更是他未能完成的巨著《隐士》所要表达的思想。所以，当杰弗里·哈特曼把《永生的信息》称为华兹华斯的《存在与时间》时，他的意思是说华兹华斯倾其一生都在用诗歌表达与海德格尔类似的思想，即语言与"存在"的关系，以及诗歌在其中可能发挥的作用。"永生"不仅是生命的起点，也是诗歌最终要传达的信息；前者是"从哪儿来"，即语言的起点或者本源（origin）；后者是"到哪儿去"，是诗歌创作的终极目的。海德格尔说，只有诗人和哲学家能够接收到"神圣者"的"暗示"（这个"神圣者"又叫作"存在"或者"大道"），并将其传达给众生；但是，这个神圣的东西超出人类语言所能表达的范围，具有不可言说性，它与语言的关系就像真正的大海之于地图或文字符号。诗歌的表达永远在通往永生的"林中路"上，这就是华兹华斯所说的"方向"（tendency）。

在第二篇《墓志铭随笔》中，华兹华斯指出，墓志铭应该超越细节描写，尝试从细节中提炼能够打动读者的普适性描述。他应该"上溯至一切事物的源头，深入到黑暗的洞穴，河流从那儿涌出，在每个人的耳边低语，一代又一代"（*WLC* 149）。华兹华斯认为，

---

① 威廉·华兹华斯. 湖畔诗魂［M］. 杨德豫，译. 北京：人民出版社，1990：284 – 294.

作者不是解剖心灵内部结构的解剖学家，也不像画家那样在轻松和完全安静的氛围里完成一副肖像，而是在深爱并尊敬的人的坟墓旁进行工作。不论那被埋葬的人具有怎样的美德，他都再也不会出现在人们的视野，只有墓志铭上真诚的情感和朴实的文字才能够稍微弥补这个缺憾。

> 逝去的朋友或深受爱戴的亲人，其性格无法（在墓志铭里）重现，是的，——不可能重现，除非是像我们穿过一层温柔的青烟或者白色的雾气来看，将其神圣化并且美化；那会带走一些特点，的确，但只是为了最后的目的，那些没被略去的部分将显得更高贵也更可爱；可能更有益于加深印象和影响……当人们在一位有德之人的坟前沉思，他的尸体正在其中腐朽，所以看起来，或者感觉上（墓志铭）应该是一个中间状态，在他活着并活动在世间的脆弱躯体与假定他已变成的天堂里的灵魂之间（的一种状态）。（WLC 129 – 130）

毫无疑问，墓志铭不可能讲述死者一生的全部经历，所呈现的也许不是真相或者忠实的意象，但是，华兹华斯认为，这些都不重要，因为墓志铭所描绘的是更高一级的真相：

> 通过（墓志铭）这个介质观察的话，先前看得不真切或者没意识到的东西，部分与比例都更明显，墓志铭传达因爱而神圣的真相，是逝者的美德与生者的感情相结合的产物。（WLC 129 – 130）

墓志铭与逝者的一生的关系，是对文字与所言之义以及诗歌与永生关系的类比，说明语言总是姗姗来迟并且词不达意。成年之后以诗歌的形式记录"永生"的痕迹，就好像"穿过一层温柔的青烟或者白色的雾气"，朦朦胧胧。然而诗人虽然承认前者与后者之间有不可逾越的鸿沟，却不甘心到此为止。在华兹华斯看来，想象力能够以别的方式填补这个鸿沟，而且，填补远远比鸿沟重要，诗歌语言的"美化"作用将使无法表达而省略的部分更加高贵可爱。

海德格尔认为从苏格拉底开始，人类语言就不可挽回地走向衰落，词语与所言之物的关系越来越远，人类语言逐渐变成"一个空洞的语词或一团飘忽不定的迷雾"。他主张通过研究苏格拉底之前的哲学思想和文学作品，使人类语言重获其"未受破损的意志力量"（《形而上学导论》51）。作为一名诗人而不是哲学家，华兹华斯的关注点更多在诗歌的语言方面，他在第三篇《墓志铭随笔》里，批判古典主义诗歌的语言风格，认为沉醉于修辞的华丽词藻以辞害意，是一种与思想背道而驰的力量，这样的诗歌作品也绝不可能传达"永生"的信息。他说：

> 语言，如果不能支撑、供给、并安静地放任，就像重力或者我们呼吸的空气那样的话，就是一种（与思想）背道而驰的力量（counter – spirit），无休止无声息地扰乱、颠覆、损毁、污染并且驱散（思想）。（*WLC* 154）

华兹华斯认为，真正有效的语言应该让意义自行显现，其发挥作用的方式也应该是"安静""放任"的，就像重力或空气一样无所不在却又无踪迹可寻。而刻意的修辞与华丽的词藻则会转移读者的注意力，让文字的描写与所言之义背道而驰。在华兹华斯诗歌中经常出现的"静寂"（tranquillity）、"无声"（silence）等字眼就是例子。

在第三篇随笔的最后，华兹华斯附上一篇墓志铭范文《一位谷地山民的墓志铭》（*Epitaph of a Dalesman*），这首诗后来被收入《远游》。这首墓志铭的主人公天生失聪，因此他眼中的世界永远是一片静寂，即使在暴风雨来临的时候，世界对他来说也只是一副无声的图画。然而，先天的不足在阅读中得到补偿。他对书本有一种难以抑制的热爱，也因此养成了温顺、勤奋和善良的性格，赢得了周围的人的尊敬和赞美。文字描写的世界用想象力弥补了主人公的先天缺陷，这也许是华兹华斯对诗歌语言表达功能的一种肯定。

华兹华斯用"有毒的外套"比喻华而不实的语言对意义的损害，他说：

语言文字是一种可怕的工具，无法简单地用好或者坏来定义：它比其他外在的力量更能控制思想。如果文字不是思想的化身，而只是其外衣的话，它就绝对是一种邪恶的天赋；就像古代传说中讲到的有毒礼服一样，对披上它的人具有毁灭和迷惑的力量。（*WLC* 154）

保罗·德曼在《浪漫主义的修辞》一书中对此比喻作详尽的论述。这件外套属于希腊神话中的人物内萨斯（Nessus），他因企图侮辱赫拉克勒斯（Heracles）的妻子得伊阿尼拉（Deianeira）而被杀死。然而故事并未结束。临死之前，内萨斯心生一计，想出一条复仇之策：他谎称自己的血可以帮助得伊阿尼拉永得丈夫的欢心，得伊阿尼拉对此深信不疑。后来，她开始怀疑丈夫的忠诚，并在其外套内洒上内萨斯的血，导致赫拉克勒斯被情敌血中的毒液灼烧而死。这件"血外套"的本意，是为得伊阿尼拉重获丈夫的感情，却出乎意料地夺去了丈夫的生命，得伊阿尼拉因此失去更宝贵的东西。德曼认为这就是语言的危险：语言的目的是表达意义，但若使用不当可能以词害意；正如华兹华斯所言，修辞性的语言总是有剥夺性的，其作用是无休止无声息地发生。

谷地山民的故事，也被保罗·德曼用来谈论语言问题。德曼认为，失聪的少年之所以被书籍吸引，是因为误把书中的文字描写等同于真实世界，因为在他眼中，二者都像"图画一样宁静"。德曼说，少年眼中的世界，是对文字描写的一种比喻，此处的无声，代表语言对所描写场景的一种掠夺："语言，作为修辞，总是具有掠夺性。华兹华斯认为不恰当的语言……'持续并无声'地发挥作用。"他还认为，"在写作中，我们都依赖这种语言"，而且，谷地山民"像图画一般寂静"的世界，其实就是"被永久性剥夺了声音"的"无声的（文字）的世界"（*The Rhetorics of Romanticism* 80）。

德曼联系《序曲》第五卷中的温德米尔少年的片段，认为当少年攀附在悬崖上为自然的一片寂静感到震撼之时，诗人就已经预告了他的死亡。德曼认为少年的死实际上是个隐喻，其含义在于："当我们试图用修辞、用语言再现世界时，"我们被剥夺的不是生命，而是世界的形状和感觉，这些都只能以被剥夺的形式展现。死亡只是语言困境的一个别称"（*The Rhetorics of Romanticism* 81）。保罗·德曼注意到语言的局限性，却未能进一步论证想象力对于弥补文字与自然之间裂痕的功用，不能不说是个遗憾。华兹华斯诗中所用的"寂静""无声"等字眼，也许是传达"永生"的一种方式。汉语中也有类似的表达，比如"此时无声胜有声""此中有真意，欲辩已忘言"，或者"言有尽而意无穷"。海德格尔的观点与华兹华斯非常相像，对他来说，只有当无法用语言表达那种突然袭来的感觉、那种突然涌出的体验时，"我们隐约感到语言的本质"（*Metzger* 107）。

　　华兹华斯说："我们的诞生其实是入睡，是忘却。"（《永生的信息》58）① 然而，诗歌语言用她特有的方式唤醒人们关于"永生"的回忆，诗歌中关于"沉默""无声"和"寂静"的描写，是诗人在尝试言说海德格尔所谓的"不可言说的神秘"。在华兹华斯的作品中，逝者被埋葬在回忆与文本之中，而联系语言与死亡的墓志铭则是他追溯失落的永生的途径。华兹华斯无法抑制地对英格兰乡间墓地的回访，通过一连串墓志铭寻找诗歌描写的对象——在死亡中微弱、飞逝的、日渐衰落的生命的回响。

---

　　① 杨德豫译，见《湖畔诗魂》第 287 页。

第一章

《抒情歌谣集》：失落的天真

在海德格尔不断修正的哲学中，始终存在一条不变的主线：对语言再现能力的质疑；同样，华兹华斯不同时期的作品，不论是致力于描写乡村生活的抒情短诗、讲述诗人心灵成长的自传体史诗《序曲》，抑或是探索生与死之哲学大义的史诗《远游》，也都探讨同一个主题：天真的失去和为重返天真而在诗歌理念与实践中的求索。华兹华斯为之叹惋而歌唱的天真，海德格尔殚精竭虑、而后不得已以"大道"相称的状态，实际上同为一物。假若有一天，人类能够重返伊甸园，华兹华斯回归质朴天然的理想，海德格尔就找到了足以传达"大道"之妙义的语言。

哈特曼把华兹华斯《永生的信息》视作英文版的《存在与时间》，且不说哈特曼是否言过其词，《永生的信息》所描写的人生境遇——诗人在成年之后与自然的情感关系被割断，丢失天真的幻象，因而扼腕感叹"大地的荣光已黯然减色"，"到哪儿去了，那些怪异的光影？／如今在哪儿，往日的荣光和梦境"，① 作为海德格

---

① 威廉·华兹华斯．湖畔诗魂［M］．杨德豫，译．北京：人民出版社，1990：287.

尔哲学中"黑暗时代"的隐喻，或可称得上是恰如其分。华兹华斯在诗歌第五部分写道：

> 我们的诞生其实是入睡，是忘却：
>
> 年幼时，天国的明辉尽在眼前；
>
> 当儿童渐渐成长，牢笼的阴影
>
> 便渐渐向他逼近，
>
> 然而那明辉，那流布明辉的光源，
>
> 他还能欣然望见；
>
> 少年时代，他每日由东向西，
>
> 也还能领悟造化的神奇，
>
> 幻异的光影依然
>
> 是他旅途的同伴；
>
> 及至他长大成人，明辉便泯灭，
>
> 消溶于暗淡流光，平凡日月。①

在《抒情歌谣集》中，这种天真与忘却的对比，集中表现为湖区人民与诗歌中的叙述者不同的语言风格和思维模式。

---

① 威廉·华兹华斯. 湖畔诗魂［M］. 杨德豫，译. 北京：人民出版社，1990：287－288.

第一节　华兹华斯与柯尔律治的理念分歧

柯尔律治喜爱奇谲怪诞的想象，以讲述超自然的神话传说见长，对道说自然不感兴趣。1798年，散文家、文学评论家威廉·赫兹列特（William Hazlitt）在湖区拜访过两位诗人后，在文章《我与两位诗人的初识》（*My First Acquaintance with Poets*）中回忆：

> 柯尔律治抱怨，这位朋友不肯相信当地那些传统的迷信故事，其结果，反映在他（华兹华斯）的诗歌作品里，就是一种对有形的、平淡的，可感知的因而常常是琐碎之物的亲近。他（华兹华斯）的天分不是从空中降临的某种精灵；而是从大地生长而出的一朵花，或在有金色小鸟歌唱的绿色树枝上开放。（Woof 42）

柯氏的评论与华氏留给读者的印象一致：敏感、乡土、平淡、琐细。对于柯尔律治鲜明的个人特色，华兹华斯也同样表达过不满。在1800年版《〈抒情歌谣集〉序言》中，华兹华斯解释与柯尔律治合出诗集的初衷是"为了诗歌的多样性，同时也由于作品存在的不足而请求朋友出手相助"。（*WLC* 69）他说，两位诗人的合作，最根本的动力在于相似的理念和理想，或者"即使有差异，在文体风格上也并未有不和谐，因为我们对诗歌的看法基本一致"。（同上）实际情况却比华兹华斯的预计复杂得多。在诗集第一卷的末尾，收录了两篇诗论——《〈老水手谣〉注解》与《〈山楂树〉注解》。史蒂芬·帕里什（Stephen Maxfield Parrish）在详细解读两篇短文的基础上，破解两首诗之间的关系，论证《山楂树》一诗，其实体现了华兹华斯区别于柯氏的创作理念。接下来，本书将以《老水手谣》与《山楂树》的创作为例，集中讨论华兹华斯与柯尔律治的理念分歧。

帕里什认为这两篇短文中的《山楂树》，意在暗示《老水手谣》缺乏完整的规模，老水手作为叙述者，性格特点也理应更为丰满。也许担心理论不足以解决问题，华兹华斯在《山楂树》里塑造了另一位"老水手"，为柯尔律治亲身示范问题的解决办法。在他为《老水手谣》所写的短文中，华兹华斯指出此诗创作中的以下问题：首先，作为主人公和叙述者的老水手，缺乏显著的性格特点；想象力过于丰富且容易被迷信思想所控制；缺少主动行为，总被他人的行为左右，窥探、想象并沉醉于奇闻逸事难以自拔；所讲述的事件之间缺乏必要的关联，由于意象过分堆砌而显得极不自然。《老水手谣》与《山楂树》都含有超自然元素，叙述者职业相同，叙述技巧却有天壤之别，具体表现在"叙述者的语言风格、个性、在故事中扮演的角色，以及诗人为达到戏剧效果而采用的必要形式"。（Parrish 367）

这些分歧，反映出两位诗人各自的诗歌风格和创作理念。于华兹华斯而言，《山楂树》的创作是一个心理学实验，旨在探索"迷信对心灵发生作用的一般规律"。（*WLC* 96）整首诗以戏剧独白反映老水手的性格，描写他如何在想象中赋予山楂树、水井等景物以迷信色彩，并大肆渲染出一个轰动的悲剧故事。这些行为与职业有关：常年在海上漂泊，生活单调，水手只能对着大海、风暴幻想，以打发时间、祛除恐惧。华兹华斯发现，英国乡下有不少这样的人物：他们有固定收入，无须劳作，身体的倦怠更助长想象力的泛滥。《山楂树》中玛莎·格蕾的不幸遭遇，说到底，不过是山村里流行的一个鬼故事，而老水手不只是听听而已，还竭力证明其真实性。难怪华兹华斯说，老水手在自己絮絮叨叨地讲述之后，开始对故事情节信以为真。可以说，他用语言创造出自以为真实的东西，或者说"语言就是真实的东西"。（*WLC* 97）诗人用高超的叙述技巧和巧妙运思，把读者的注意力从玛莎转移到老水手的性格与言行，《山楂树》也因此成为一首讲述诗歌创作的作品。这与柯尔律治的《老水手谣》截然不同。

华兹华斯这两篇短小的诗论，其主旨是否定伤感和煽情在诗歌中的作用。在1798年写给柯尔律治的信中，他说："（煽情的、强烈渲染感情的）情节是诗歌最低级别的魅力，作为刻画人性的艺术形式，（诗歌）不论长短，（具有特殊性格的）人物必不可少。"（*EY* 315）换言之，诗歌应该塑造心理肖像，还应控制诗人和读者对轰动性情节的渴望。即便故事的焦点是痛苦，也应该抛弃程式化的情感描写，采用更"历史和科学"的分析性的手段。华兹华斯认为，人物塑造的成败，在很大程度上取决于语言风格。他在《〈抒情歌谣集〉序言》中这样区分诗歌语言与生活语言：

　　我所推崇的这种诗歌语言，一定在最大程度上来自于人们的真实生活；只要用真诚的品位和情感进行加工，自然就与人们最初的期待（真实生活的语言）拉开距离，也因此与粗俗、卑微日常生活有所不同；如果再辅以韵律，将会与生活语言差别更大，从而满足人们对于诗歌语言的要求。（*WLC* 76－77）

但是，华兹华斯又补充说明，在某一特定情况下不应对语言进行任何润色或修饰：

> 当诗人以人物的口吻说话时，…… 很自然的，在特定情况下就该用特定的语言来表达特定的情感……假如混入任何自己异质的文采，就会与自然的情感相抵触，让有鉴赏力的读者感受到震惊。（*WLC* 77）

《山楂树》属于后一种情况：即诗人以人物的口吻说话，此时语言风格和叙述方式都应该符合人物的性格。因此，华兹华斯使用一种被柯尔律治不屑地称为"朴素的用词"（homeliness of the diction）的语言风格。（*Sibyline Leaves* 171）① 华兹华斯令人耳目一新的诗论，在实践中屡遭挫折。诗人发现作品并不完美，写成的文本与"原本在紧张的想象中把握到的东西仍有距离"（张隆溪《道与逻各斯》72－73）。华兹华斯说道：

> 诗人不是每次都能写出完全符合真实情感的文本，或许他可以把自己设想成一位翻译，只有在找到与无法企及的情感同

---

① 这是柯尔律治在诗集《西贝尔的书叶》（*Sibylline Leaves*）中对华兹华斯前两首《三座坟》（*Three Graves*）的评价。《三座坟》的有关介绍详见本书结语部分，第199－200页。

样精彩的表述时才算合格；并且偶尔尝试超越这种情感，以此
来补偿那长久困扰他的无所不在的自卑。（WLC 79）

诗人在创作中的挫败、失望和自卑，集中体现在《山楂树》的
叙述者身上。

《山楂树》的创作源自华兹华斯的一次真实经历。在 1798 年 3
月 19 日的日记中，多萝茜做如下记录："今天是个非常寒冷、阴郁
的日子，威廉、巴兹尔和我爬上小山顶。回程遇到严重雹暴。威廉
写下几行诗句记录风暴中山楂树的样子。"（Parrish 153）《芬威克
笔记》（*Fenwick Notes*）中详细记录了华兹华斯对这段经历的回忆：

一棵我在平静、晴朗的日子经常路过却从未注意的山楂树，在
这风暴交加的一天吸引了我。我自问能否想出一种文学形式来再现
风暴中的山楂树所呈现出的令人敬畏、挥之不去的印象呢？（Par-
rish 153）

后来，他写出这样的诗句：

为了把广袤的海洋看看，
我就爬到了那座山上。
可来了风暴，在我的眼前
比我膝头高的东西全不见。
（XVI）

那一片迷蒙中，雨暴风狂——

没有屏障、栏栅在那周围；

而那种风呀！真的，那种风

足足比平时强十倍。

我四下张望，似乎看见了

一块突岩；我头朝着前方，

顶着倾泻而下的雨奔去，

想奔到那岩石边去躲避；

但就像我是人一样——

我发觉那不是一块岩石，

而是个坐在地上的女子。

（XVII）①

　　在《〈抒情歌谣集〉序言》中，华兹华斯提倡"诗起于经过在沉静中回味来的情绪"（emotions recollected in tranquility）②，而《山楂树》中所描写的如此强烈的视觉与情感刺激，显然与之相抵牾。因而，叙述者必须另有其人，人物老水手就这样应运而生，华兹华斯才得以借老水手之口，用同义反复、格律和押韵等诗歌技巧，生动而艺术地再现出当日暴风雨中的骇人场景。在《〈山楂树〉注解》一文中，华兹华斯如此解释语言风格的选择：首先，场景描写必须给人以强烈的视觉和情感冲击，并与人物（叙述者）的

---

① 威廉·华兹华斯. 华兹华斯抒情诗选［M］. 黄杲炘，译. 上海：上海译文出版社，2000：56.

② 朱光潜. 诗论［M］. 南京：江苏文艺出版社，2008：267.

性格、身份保持一致；叙述者的情感表达须在读者心中激起相应的情感。要做到以上两点，诗人需要借助民谣故事的结构和韵律。

除此之外，同义反复的效果也不容小觑，因为，"于诗人而言，词语不仅是情感符号，也是自然界的一部分，本身就代表一种主动而又有效的情感。"（*WLC* 97）可见，在华兹华斯看来，用词的重复并不是缺点：

> 当一个人想要表达一种热切的感情时，总能意识到自身能力的不足，或是语言的不足。努力表达的时候，心中会有一种渴望，这渴望一日未得到满足，他就对同样或类似的表达方式紧抓不放。（*WLC* 97）

也就是说，评判一首诗的语言风格，只能以情感表达的效果为准。华兹华斯深知，语言是记录情感的科学，要完美把握和运用相当不易。而"同义反复"能带来词语与情感完美对应的假象，让诗人喜悦、愉快甚至感动。老水手就是这样一个在重复中获取安慰和成就感的叙述者。他的目的只有一个：绘声绘色地讲述玛莎和山楂树的传说，以此在他与山民社群之间建立一条情感纽带。老水手对自己所讲述的离奇事件，时而确信无疑，时而似信非信，不仅体现其创作才能与文学敏感，也最能表现一位诗人的尴尬处境。

遗憾的是，老水手作为叙述者有一个最致命的缺点——对华兹华斯的创作理念只知其一不知其二。他擅长表现自然迸发的强烈情感，对玛莎经历的讲述和风暴场景的描写皆有感而发，但这只是诗歌创作的第一步；强烈的情感，如果未曾经历第二步，即在沉静中的回味，就不符合华氏的诗歌理想。朱光潜先生认为，华兹华斯为诗歌创作所拟的两步走的方法——情感的迸发与沉静中的回味，恰合尼采对艺术精神所做的分类：主观情趣与客观意象。尼采所谓的狄俄倪索斯的精神与阿波罗的精神，一个是指主观情感不加约束的爆发，一个是说冷静思考后客观、理性的领悟。而诗的情趣，朱光潜先生说，"并不是生糙自然的情趣，它必定经过一番冷静地观照和熔化洗炼的功夫，它须受过阿波罗的洗礼"（朱光潜 46）。而且，就对情感与理性关系的认识而言，"尼采用一部书所说的道理，他（华兹华斯）用一句话就说完了"（朱光潜 47）。

感受情趣不难，能在沉静中回味思考不易，二者兼备是伟大诗人才有的特殊本领。老水手只做到了第一步，而对第二步浑然不知，所以是狄俄倪索斯而非阿波罗。结果是，故事始终笼罩在恐怖、痛苦的情绪之下，悲剧导致的情感刺激，渗透到眼前的景物中，在一定程度上决定其叙述的形式和基调。比如，山楂树被赋予人类才有的情感，"看起来如此干枯灰白，好像不曾有过年轻的时候""是一团互相缠绕的突起，这棵孤独悲惨的树"。更有甚时，老水手沉浸在叙述者的身份中，一厢情愿地为自己想象出专注聆听并被故事感动的读者：

　　　　那么，为什么白天和黑夜，
　　　　要这样冒着雨雪和风暴，
　　　　这位可怜的妇女要这样
　　　　往凄凉的山顶上跑？
　　　　为什么她坐在山楂树旁——

不管天空是湛蓝的一片，

或是山头刮起了旋风，

或者冻住的空气冰样冷——

她为什么要呼喊？

告诉我，为什么一遍一遍

她要重复那哀痛的呼喊？①

（VIII）

就这样，在老水手的讲述中，读者不止一次循着玛莎的足迹，遍历各处场景，去求证玛莎确有其人、故事真实无妄。尽管有诸多不足，这也许是老水手所能做到的"最接近于文学语言的尝试"，他对"无法形容"的情感的描写，至少接近于 1798 年的那场暴风雨中，山脊上那棵"孤独的山楂树"所带给华兹华斯的"怪异与恐怖"之感。（*McEathron* 21）

第二节　言不及义的诗人

在作品《位于格拉斯米尔的家》（*Home at Grasmere*）中，华兹华斯如此描述理想中完美的诗歌语言：

一种艺术，一种音乐，一种流淌的语言

---

① 威廉·华兹华斯. 华兹华斯抒情诗选［M］. 黄杲炘，译. 上海：上海译文出版社，2000：52.

是生活，众所周知的生活的声音，

讲述田野里发生的事，

真实发生的，或感受到的，可靠的善

与真实的恶，但依然甘甜

比那种吹奏更宜人，更和谐

那种依照幻想的牧歌

调出的悦耳笛声？

评论家麦基斯隆（Scott McEathron）认为"流淌的语言"（a stream of words）一语，恰如其分地传达出老水手作为叙述者的尴尬，以及华兹华斯作为诗人的困境。麦基斯隆在文章中说：

诗歌里那些生活在贫困山村的人们，与其说有所表达，不如说只是被听闻似乎有所表达，正如我们听到一条溪流"说话"或发出悦耳的声响，但并非亲耳所闻，而是经由叙述者转述。他可能顺水而下、在岸边观望或是逆流而上，但无论如何，他所描述的情况与溪流的真实状态之间总是有些差距。（*McEathron* 25）

尽管如此，麦基斯隆认为，也许华兹华斯从未幻想过要去超越自己与乡村社会的界线，《抒情歌谣集》的创作，或许是为了探索"持续而复杂的社会等级所产生的潜在的艺术可能性"。或者说，"如果等级差别特别顽固，当（诗人）潜在的意义难以完全表达，也不大可能被（读者）准确理解的时候，恰恰是诗意应当存在——

并强势发挥作用——的契机"（*McEathron* 26）。此番论断可谓精辟至极，因为在《抒情歌谣集》所选作品中，叙述者或者欲言又止，或者在长篇大论后悔恨言不及义，都是华兹华斯在用"明智的"、暗示性的沉默让诗歌在最大程度上发挥作用。

《我们是七个》① 中就有这样一位"转述"失败的叙述者，与小姑娘攀谈时居高临下的态度，已经将他隔绝在乡村社会之外，而将成年人的世界观强加给小姑娘的急切心情，也使他显得既傲慢又愚蠢。这首诗的前四行系柯尔律治所作，关于此事还有一段佳话。作为切磋诗艺的一种方式，华兹华斯与柯尔律治经常把即将完成的诗稿读给对方听。据说，柯尔律治在听完这首诗之后，感觉有些美中不足，于是写下四行诗句作为总结性的导入诗节：

> 天真的孩子，
>
> 呼吸得那样柔和！
>
> 只感到生命充沛在四肢，
>
> 对死亡，她懂得什么？

这四行看似不经意而为之的诗句，恰如其分地点出作品的题旨：成人世界的观念与儿童的天真之间存在着不可逾越的距离。故事情节非常简单：一个有文化的成年人——或许是一位人口普查员，询问一位乡间小姑娘家庭成员的情况。小女孩回答说有七个：

---

① 威廉·华兹华斯. 湖畔诗魂［M］. 杨德豫，译. 北京：人民出版社，1990：16 – 19.

"他们在哪儿？说给我听听。"

她说："我们是七个；

两个当水手，在海上航行，

两个在康韦住着。

"还有两个躺进了坟地——

我姐姐和我哥哥；

靠近他们，教堂边，小屋里，

住着我妈妈和我。"

"他们都在哪儿呢？请告诉我。"

她回答说，"我们是七个；

两个住在康威，

两个出海去。

"两个躺在教堂的墓地，

我的姐姐和哥哥；

墓地有个小木屋，我

和妈妈在那儿住。"

　　叙述者竭力劝说小姑娘接受一个显而易见的事实：假如两个孩子去了天堂，就只剩下五个，而不可能是七个。然而这些话犹如"说了也是徒然"，最后故事以叙述者歇斯底里的抗议结束。华兹华斯晚年时，在口述的《芬威克笔记》里谈到《永生的信息》一诗，引用柯尔律治所作的诗节，说明自己童年时候的死亡观。那时的华兹华斯无法想象死亡会发生在自己身上：

> 我很难相信世间万物有它们自己的存在方式，我可以与万物沟通，将它们视为我精神世界所固有的部分，而并非在我之外。在去往学校的路上，我常常需要抱住一堵墙或一棵树，以此提醒自己，要从唯心主义的深渊回到现实中来。（*PW*，4，463）

其原因不难理解：一个生命力充沛、思想天真的孩子，"对死亡，她懂得什么？"在小姑娘和童年华兹华斯的认识中，外部世界是自身的延伸与附属，因此，这个"来自乡村""穿着粗野"、四肢充满活力的小姑娘拒不接受成年人的理性，坚信死去的亲人并未远离，同样，童年华兹华斯也无法想象死亡的降临。

《永生的信息》在前四个诗节里感慨逝去的"荣光"，实际上就是在感慨童年时代独有的"死亡观"。及至成年，世俗的忧虑、日常的负担以及日益复杂的社会关系，都像锁链将人禁锢在精神世界之外，童年时代对"永生""荣光"的体验，只能像"幻异的光影"和"梦境"一样成为依稀的记忆：

> 有一片田园，在我的眼底，
> 他们低语着，谈着已逝的往昔；
> 我脚下一株三色堇
> 也在把旧话重提：

　　到哪儿去了，那些幻异的光影？

　　如今在哪儿，往日的荣光和梦境？①

　　柯尔律治读过在《永生的信息》的前四个诗节之后，于 1802 年 4 月写下《失意颂》（*Dejection：And Ode*），用"从童年堕落""失去的天真"喻指相似却更具摧毁力的一种失落。《失意颂》原本是写给莎拉·哈钦森的诗体告白，原题为《给_____的一封信》（*A Letter to _____*），柯尔律治以之哀叹对莎拉无望的爱。写完初稿之后的 6 个月间，柯尔律治修改、重写并删去半数以上的诗行，直至《失意颂》成为一首紧凑、庄重的颂歌。此诗在当年 10 月份华兹华斯大婚之日，同时也是柯尔律治与妻子结婚七周年纪念那天发表。在诗里，柯尔律治感叹荣光已逝、往昔不再，诗中那"不属于我"却"像是我的"，唯有通过"宁静耐心""深奥的探索"去"盗取"的"塑造一切的想象力的灵魂"，表达方式或许更加诗意，意思却与《永生的信息》并无二致：无非就是小女孩与逝去的亲人之间或"永生"之间牢固的联系，是人口调查员不会懂，而两位诗人渴望重建的一种联系。柯尔律治在诗中如此感叹：

　　　　每次造访

　　　　都中断自然随生命一起赋予我的，

　　　　那塑造一切的想象力的灵魂。

　　　　不再理会自己的感受，

---

　　① 威廉·华兹华斯. 湖畔诗魂［M］. 杨德豫，译. 北京：人民出版社，1990：287.

　　只是尽可能宁静忍耐；

　　或可通过深奥的探索，盗取

　　从自己唯一资源，我唯一的计划：

　　直至残留的部分在内心生长，

　　如今已是灵魂的日常。

《西蒙·李》（*Simon Lee*）① 的叙述者是位民谣诗人，他为自己精湛的诗艺沾沾自喜，即使在讲到老西蒙肿胀的脚踝时，也依然不改轻快的叙述节奏，仿佛对主人公的痛苦毫无同情：

　　他病病歪歪，干枯消瘦，

　　身躯萎缩了，骨架倾斜，

　　脚腕子肿得又粗又厚，

　　腿杆子又细又瘦。

与《山楂树》里的老水手一样，这位叙述者也一味沉浸在创作的乐趣中，显然并未意识到叙述方式的问题。但是，故事讲到后来，叙述者突然停止卖弄技巧式的讲述，开始三缄其口。也正是这出乎意料的克制，使他成为比老水手更高明的"诗人"：

　　可敬可爱的读者呵！我知道

　　你还在耐心等待，

---

① 杨德豫译，见《湖畔诗魂》第257－216页。

　　　　指望下文有什么故事，

　　　　等我把它讲出来。

　　　　读者呵！若是宁静的沉思，

　　　　为你储备了清明的神智，

　　　　你就会懂得：在每一件事情里

　　　　都含有一篇故事。

　　　　请你读下去，好心的读者！

　　　　下文很短，马上完；

　　　　它不是故事；——你若肯思索，

　　　　变成故事也不难。

　　叙述者对世间"无情无义""以冷漠回报善心"的事多有耳闻，早就习以为常。在故事的最后，他帮老西蒙砍掉树桩，面对老人发自内心的感激，竟不由地心酸起来。他由此联想到社会中人与人之间关系的冷漠、复杂，从而对老西蒙这样一位底层农夫充满敬意，以低调、平静的语气传达所学到的一点儿智慧，似乎之前的自我陶醉、兜圈子，刻薄的玩笑和闪烁其词，都是为最后的情感作铺垫。由此看来，比起老水手和人口普查员，《西蒙·李》的叙述者开始对诗歌的局限性有所觉悟，在情感描写上有所收敛，对读者领会作品言外之意的能力有所期待。

　　在《动物般的宁静与衰败：一个素描》（*Animal Tranquillity and Decay, A Sketch*）里，叙述者讲述了旅行中偶遇一位老人的经历。他发现，眼前的这位老人宁静、孤独，外表的疲惫更衬托出灵魂的崇高与神秘，这非同寻常的气质与风度，仿佛与周围的环境、宇宙的力量相融相接。飞到路边的小鸟视老人为同类，与他和平相待、互不惊扰，它们落落大方地向它靠近，并啄食他掉下的馒头屑。此情此景令叙述者不禁感叹：

> 这是一个忘却痛苦，在思考中
>
> 旅行的人——他沉浸在深沉的宁静中
>
> 而无知无觉：他是一个
>
> 从容自然、无须刻意的人；
>
> 从长久的坚忍中获取温和与平静，
>
> 如今坚忍也已消失，
>
> 他对之再无所求。

在好奇心驱使下，叙述者走上前去与老人攀谈，这才得知老人的儿子在前线身受重伤，此刻正躺在医院，生命垂危。之前老人在叙述者眼中平静、智慧的形象，与他的真实遭遇和此刻的心境形成强烈反差。然而叙述者的讲述到此就戛然而止，他并未强行解读故事的思想意义，而是为读者留下更多的思考空间。

《宝贝羊羔》① （ *The Pet - Lamb：A Pastoral* ） 里有一位与《山楂树》里的老水手同样啰唆的叙述者。故事一开始，叙述者在一旁观望喂食羊羔的小姑娘，看她温柔地对小羊说话："喝吧，漂亮的小家伙，喝吧。"这一山村生活中极为平常的场景，在叙述者看来无比浪漫、温馨。故事发生在傍晚，他由此联想到"露珠重重地落

---

① 威廉·华兹华斯. 湖畔诗魂 ［M］. 杨德豫，译. 北京：人民出版社，1990：20－23.

下，星辰开始眨眼"；小羊羔表现得十分乖巧，他虽站在远处，却似乎看到羊羔"头和耳朵都在努力进食；尾巴快乐摇摆"。喂食结束之后，小姑娘起身离开，叙述者又想象她在十步之后停下来，对小羊羔语重心长地说上一席话。这些想象几乎把小姑娘对羊羔的"心意"融入"我的心窝"。意犹未尽的叙述者继而为羊羔想出曲折的身世，并在内心祝福羊羔苗壮成长，歌颂小姑娘的家为爱的港湾，小羊羔从此不必惧怕风暴等。似乎小姑娘简简单单的一句话，在叙述者心中投下无穷的涟漪，变幻出无比复杂的情节。然而高潮过后，叙述者颓然发现，自己的百般想象，始终不及小姑娘的一个眼神、一声召唤：

> 一句一句琢磨着，仿佛觉得这首歌
>
> 只有一半属于她，却有一半属于我。
>
> 我老是唱着这首歌，唱了一遍又一遍，
>
> "那属于她的，"我说，"肯定超过了一半……"

《父亲的趣闻》（*Anecdote for Fathers*）的叙述者是一位多愁善感的父亲，他无节制地缅怀故乡、往事，"一遍又一遍陷入回忆"，以暂时忘记当下的痛苦。看到身边无忧无虑的孩子，叙述者感到不解，并试图用自己的情绪去感染他：

> 我的小宝贝，你更喜欢哪个，
>
> 我拉着他的胳膊说——
>
> 我们在吉尔韦那惬意的海岸，

还是里斯文农场的家？

起初孩子对他无聊的行为不予理睬，但叙述者不肯放弃，在他持续不断的追问下，爱德华羞红了脸，抬头看看农场的屋顶，回答说："吉尔韦没有风向标，这就是我的理由。"这回答虽简单稚气，却足以使叙述者感到惭愧，他语无伦次地感慨：

> 哦亲爱的、亲爱的孩子！我的心
> 将不再向往更好的知识
> 我只要能学会你话里
> 百分之一的道理就足矣。

读者感觉，"父亲仿佛忽然之间从一个只知追问逻辑理性的固执而又混沌的状态达到了心灵的开敞"（章燕《试论华兹华斯诗歌中非理性想象因素及其折射出的语言观》87）。父亲悟出的道理究竟是什么，诗人并未说明，或者诗人认为读者自会领悟，所以无须多言。

《傻小子》（*The Idiot Boy*）里约翰尼的母亲贝蒂也是一位想象力与感情都极为丰富的家长。独居的村民苏珊得了重病，贝蒂前去照料，还打发傻孩子约翰尼去叫医生。目送约翰尼骑着小马消失在夜色中，贝蒂开始担心，后来不得不丢下无人照料的苏珊前去寻找。贝蒂来到医生家里，并未找见小约翰尼；贝蒂又来到森林里，想象约翰尼和小马爬上大树，在上面等死；或者爬上小山去摘月亮，从上面掉下；也有可能跟随流浪的吉普赛人，从此远离家乡。

总之，她越来越担心。比之贝蒂，叙述者的想象力也不差，他也为失踪的约翰尼安排了各种结局：

> 哦读者！现在让我来告诉你
> 约翰尼和他的小马的踪迹
> 他们整晚都做了什么，
> 若能用上韵文，
> 必定是一个令人喜欢的故事！

他猜测，约翰尼也许登临山顶欣赏满天繁星，或如幽灵策马在山谷游荡；也可能当了凶猛的猎手，在草原飞奔，单等草地枯萎就会现身；或者头和脚正熊熊燃烧，化身让世界战栗的魔鬼。在想象力放肆奔驰的同时，叙述者又隐隐意识到另一种可能性：约翰尼的真实经历比所有这些都更加刺激。他于是请求缪斯赐予自己一个故事：

> 十四年来我与缪斯形影不离
> 我们之间的契约依然生效：
> 哦温柔的女神！赐予我灵感
> 让我说出他一半的经历；
> 他一定有过神奇的境遇。
> 你为何拒绝我的要求？
> 为何不再给我指引？
> 缪斯女神，我那么爱你，

你就这样对待我们的情谊？

在《父亲们的趣闻》里，爱德华的那句回答让父亲羞愧不已，约翰尼对冒险之夜的讲述也同样简短，却带给人不尽的回味：

> 于是，听到贝蒂的询问，
> 他像勇敢的旅人，回答道，
> （这是他的原话，）
> "公鸡突突地叫，
> 头顶的太阳发出冰冷的光！"
>
> ——约翰尼不无骄傲地如此回答，
> 这就是他的冒险经历。

章燕在《试论华兹华斯诗歌中非理性想象因素及其折射出的语言观》一文中指出，约翰尼因为"沉浸在对自然景物的感悟和想象中""生存在与自然的交融状态中""与自然同在"，所以"达到了情感与精神上与自然的统一"，他的解释也因此与成年人逻辑、理性的问话似乎文不对题。(86)

这些故事中的叙述者，像《山楂树》里的老水手一样絮絮叨叨，反复说着同样的话，首先是为故事营造出戏剧性的气氛，其次是为了符合民间歌谣的叙述传统。但更重要的原因在于，都在心中感受到一种情境和意象，迫切想要传达却又遍寻不见一种恰当的方式，只能通过重复来缩小语言与意义之间的距离。诗人华兹华斯体会到言不及义的痛苦，但也深知过犹不及的道理，他就隐藏在这些叙述者身后，频频向读者暗示这些信息。华兹华斯苦心积虑所试图传达的深意，即语言与意义之间微妙的关系，时常被作品朴实的风格和简单的情节所掩盖，也因此不易被人发现。柯尔律治在《文学传记》（*Biographia Literaria*）第 14 章里做出如下解释：华兹华斯创作这些诗歌的目的是"通过把心灵从文学常规的昏睡中唤醒，从而赋予日常琐事新奇的魅力……"（298）。在 1798 年的《公告》和1800 年的《序言》中，华兹华斯两次声明：诗集所选作品并非对人物的不幸作充满同情的描写，而主要是在策划一次诗歌创作与审美方面的试验，以探明社会中下层人们的语言在多大程度上可以被改进，并用来为读者提供诗性的愉悦。既然是实验，就意味着冒险，意味着可能付出代价。在《动物般的宁静与衰败》《傻小子》《山楂树》等作品中，诗人从未给出确切的道德信息和意义，读者作为意义的发现者，唯有通过细致的质疑、辨明，才能理解诗歌对人性和心理的深刻剖析，在阅读中收获更多思考和乐趣。

第三节　自然的救赎

以上所讲作品里的众多叙述者，感受到自然中神秘、强大、不可预知的"存在"，情感受到刺激，产生强烈的表达欲望，但是又被表达和理解能力所限，只能堕入荒谬的幻象和无节制的胡言乱语，最终往往是傻小子那样的人物，用一句无意的童稚之语道尽其中奥秘。成年叙述者与孩子之间的差距，若大而化之，就是做作与天然、理性与纯真之间的差距。在写于 1798 年春天的作品《在离家不远处写下的诗句》（*Lines Written at a Small Distance from my House*）中，华兹华斯劝说多萝茜搁下枯燥无味的书籍，到大自然中感受"自然的福祉"（blessing in the air）：

> 自然中的一刻胜过
> 读书五十年（fifty years of reason）；
> 心灵的每一个细胞
> 都能吸收到春之精神

华兹华斯相信自然是人类心灵和情感的依托，1800 年诗集再版时，两首写于 1798 年的作品——《责怪与反驳》（*Expostulation and Reply*）和《反其道》（The Tables Turned），被移至诗集的开篇。他以这两首谈论自然与理性关系的作品，为第二版诗集奠定思想基调。两首姐妹诗的灵感，来自诗人与"一位过分沉迷于现代道德哲学的朋友"之间的对话。此番对话，围绕这样一个主题——理性的哲学与自然淳朴的智慧，哪个更有价值，而华兹华斯以两首小诗为之作答。对话中提出责怪的"朋友"，极有可能是读哲学像读小说一样起劲儿的柯尔律治，在《反其道》①里提出反驳的叙述者则道出华兹华斯的心声：

> 绿色树林里的一个灵感，

---

① 王佐良. 英国诗选［M］. 上海：上海译文出版社，2011：213 – 214.

会教给你更多道理，

关于人，关于人的善和恶，

超过所有圣人所说的。

也就是说，在华兹华斯看来，朴素的语言和平静的语气最能表达与人类生存息息相关的最核心的真理，详尽的阐述和理性的分析却往往可能词不达意：

大自然带来的学问何等甜美！

我们的理智只会干涉，

歪曲了事物的美丽形态，

解剖成了凶杀。

够了！再不需科学和艺术，

把它们那贫乏的书页封住！

走出来吧，只需带一颗赤心，

让它观看，让它吸收。

《老水手谣》和《丁登寺旁》是诗集中最能体现两位诗人风格的作品，代表了两位诗人各自的创作实力和创作理念。地位如此重要的两首诗，主题也必然涉及自然与理性的关系。《丁登寺旁》一诗的叙述者，性格和情感与华兹华斯十分接近，从表面上看，其激昂的情感、崇高的用词和话题，与老水手荒诞的讲述毫无共通之处，主旨却与之并行不悖。

先从《老水手谣》① 说起。在故事题材和语言风格方面，《老水手谣》与《山楂树》似乎大异其趣；但是，就表现自然的神秘和叙述者的饶舌程度而言，柯尔律治的作品却不遑多让，甚至有过于之。华兹华斯的老水手从暴风雨中的山楂树上感受到的古怪、黑暗，所体验到的在寂静中酝酿灾难和破坏的大自然，与柯尔律治的老水手目睹天使站在尸体上挥舞手臂时的感觉相近：

> 这群六翼天使挥舞着手，
> 它们一声不响。
> 无声的沉默打动我心，
> 像有声的音乐一样。

华兹华斯的叙述者们被自然的某个神秘场景所控制，渴望揭示其蕴含的信息、理解个中奥义，而讲述自己的所见所感是唯一途径。同样，老水手被林中隐士解救之后，也曾提及一种类似的痛苦，这种痛苦间歇发作，驱使他一遍遍忏悔自己的罪行：

> 我的身体立即撕裂开来，
> 被那悲哀的痛苦，
> 我被迫要向人自叙经历，
> 然后痛苦才能解除。

---

① 吕千飞译，见王佐良《英国诗选》第 241 – 267 页。

　　　　从那以后，说不定什么时候，
　　　　痛苦就回到心头。
　　　　我心中像燃烧一样痛苦，
　　　　直到故事讲完方休。

　　不满足于平常生活和平淡情绪，转而从怪异、迷信的故事中寻求刺激的读者，正是老水手理想的倾诉对象，他善于在人群中辨识出他们，并用语言和眼神让其乖乖聆听：

　　　　我像夜晚一样穿行四方，
　　　　我的口才极有力量。
　　　　我一见到这个人的面孔，
　　　　就知道他一定会听我的故事，
　　　　就把故事对他谈讲。

　　老水手的经历，从表面上看，是亵渎神明并寻求救赎的故事，其实质却必然与潜意识有关，因为正是潜意识中的某种冲动，一种可被称为不自律、残忍或者自私的冲动，致使他犯下恶行。也正是为了探索并摆脱这种潜在的心理冲动，老水手反复讲述自己的经历，讲述之后所获得的微小认识都足以暂缓内心的痛苦。这一通过"讲述——救赎"治愈痛苦的良方，得自于一位隐居森林的高士。也就是说，如果把老水手看作诗人，潜意识就是他无边无际、高深莫测的想象力，高士所代表的自然则为想象力提供营养、施加必要约束并带来慰藉。如此看来，《老水手谣》与《丁登寺旁》可谓异曲同工。

　　首先，"眼神发亮的水手"与凝视瓦伊河谷（Wye Valley）的华兹华斯式叙述者，所讲述的内容均为个人经历，表面上看似乎聆听者另有其人——老水手讲给前来参加婚礼的客人，华兹华斯讲给妹妹多萝茜，内容却都是内心的情感。不仅如此，两位叙述者的讲述目的也毫无二致：从无忧无虑的自在状态堕入充满危险的自我意识，试图理解并接受目前的状态，由此重获与自然的联系以抚慰心灵的痛苦。老水手与自然的分离，在对信天翁施加暴行时达到顶点，《丁登寺旁》①的叙述者——在很大程度上是诗人本人，与自然的分离始于离开瓦伊河谷那天。童年时代，他从自然中感受到美与愉悦，体察到寂静与庄严：

　　　　我们的身体入睡了，

　　　　我们变成一个活的灵魂，

　　　　这时候我们的眼睛变得冷静，由于和谐的力量，

　　　　也由于欢乐的深入的力量，

　　　　我们看得清事物的内在生命。

　　少年时代，他在如伊甸园般美好的山谷中奔跑，心灵和感官从中吸取养料：

　　　　瀑布的轰鸣

_____

　　①　王佐良．英国诗选［M］．上海：上海译文出版社，2011：222-228.

日夜缠住我，像一种情欲；大块岩石，

高山，深密而幽暗的树林，

它们的颜色和形体，当时是我的

强烈嗜好，一种体感，一种爱欲，

无需思想来提供长远的雅兴，

也无需官感以外的

任何趣味。

成年后，他依然珍视在生命最初存在于自己与自然之间的联系，因为

它带来了

崇高思想的欢乐，一种超脱之感，

像是有高度融合的东西

来自落日的余晖，

来自大洋和清新的空气，

来自蓝天和人的心灵，

一种动力，一种精神，推动

一切有思想的东西，一切思想的对象，

穿过一切东西而运行。

此处所说的"一种动力，一种精神"，不是别的，正是想象力。借助于想象力，诗人的思维可到达夕阳之外更遥远之处，到大海和空中徜徉，去往人类的心灵深处，将万物纳入自己的意识。然而这

并不是最主要的，因为作品的主旨在于阐明想象力与意识的危险。在《老水手谣》里，潜意识和冲动为老水手带来极度的痛苦，华兹华斯在《丁登寺旁》里试图说明，不假约束、天马行空的想象力也同样危害巨大，而人与自然之间的情感是对其最可靠的制约：

> 所以我仍然
>
> 热爱草原，树林，山峰，
>
> 一切从这绿色大地能见到的东西，
>
> 一切凭眼和耳所能感觉到的，
>
> 也有想象所创造的。我高兴地发现：
>
> 在大自然和感觉的语言里，
>
> 我找到了最纯洁的思想的支撑，心灵的保姆，
>
> 引导，保护者，我整个道德生命的灵魂。

最后，华兹华斯由衷感谢妹妹多萝茜所给予的支持与灵感，认为多萝茜是自己成年后与自然联系的纽带。在华兹华斯看来，多萝茜与自然之间的关系，与《傻小子》中的傻小子、《我们是七个》中的小女孩或者《父亲们的轶事》中的爱德华与乡村之间的联系一样直接、天然，无需借助任何媒介。华兹华斯本人的状态则接近于以上作品中的成年叙述者，仅能读懂并讲述自然中极少的一部分信息，而只有靠着多萝茜的陪伴，他才有理由相信，即使童年的记忆不再，自己与自然之间那种纯真的联系也不至衰减。《丁登寺旁》中的"华兹华斯式的"叙述者从伊甸园般神秘自然的堕落，与老水手的堕落同样凶险，究其原因，还得从"丁登寺"在诗中的缺席谈

起。读者在诗中找不到确切的"丁登寺",只能读到这样一段若有似无的描写:

> 一片沉寂的树林里升起了袅袅炊烟,
>
> 烟的来处难定,或许是
>
> 林中有无家的流浪者在走动,
>
> 或许是有隐士住在山洞,现在正
>
> 独坐火旁。

泰勒(Dennis Taylor)在《华兹华斯的大修道院遗址》(*Wordsworth's Abbey Ruins*)一文中,把以上那段景色描写中隐身的丁登寺,比作羊皮卷抄本上被擦掉的旧文本,虽然字迹依稀可辨,却被赋予新的内容和意义。比如说,如果把《丁登寺旁》的创作放在英国和欧洲大陆天主教衰落的大背景中,"丁登寺"就不是一个地理名词,而是一个重要的象征。诗歌里那些与天主教有关的用词,并非说明华兹华斯与教皇统治的关系,恰恰相反,他是新教的坚定拥护者。华兹华斯在这首诗中的景色描写,与《诗意的素描》(*Descriptive Sketches*)对查尔特勒修道院的描写如出一辙。《诗意的素描》中的这一片段,描写的是华兹华斯与友人罗伯特·琼斯(Robert Jones)在1790年参观查尔特勒修道院的所见所感,修改后放入1805年版《序曲》第六卷,1850年《序曲》中经过进一步修改和补充,讲述也随之更富有戏剧性。当时,修道院正遭遇宗教改革危机带来的严重破坏,然而,在诗中(《序曲》)中对此表达抗议的不是修道院,也不是僧侣,而是自然:

——"住手，停下你们亵渎神明的恶行！"——

自阿尔卑斯山上传来自然威严的声音；

那时和现在都响如雷霆——

"停止这不敬的行为，一切皆可消亡，

但是这圣殿将留存，大地之上，

这一角用以献给永恒！"

（1850《序曲》第六卷 430 – 435）

不仅如此，泰勒还发现，在《诗意的素描》中用来指代修道院的"圣所"（sacred mansion），在《丁登寺旁》中用于描写多萝茜与自然紧密相联的心灵：

当你的心灵

变成了一切美丽形体的大厦，

当你的记忆像家屋一般收容下

一切甜美的乐声和谐音；

由此可见，这几首诗中幽静、神秘的景物描写，尽管文字优美、情感真挚，却并非作品的主旨；华兹华斯真正想要说明的问题，从未偏离他一贯的诗歌主题：想象力与自然的关系。

除了以上提到的文本证据，泰勒还从《丁登寺旁》一诗标题中的日期出发去发掘诗歌的意义。1790 年 7 月 13 日，首先是华兹华斯首次到达法国的日期，他在第二天见证了法国大革命即攻破巴士底狱一周年纪念；在 1793 年的 7 月 13 日，雅各宾派领导人马拉

（Marat）遇刺身亡。当时华兹华斯已经是一个有修养、经历丰富的年轻人，刚刚告别为他诞下女儿的安妮特·瓦隆（Annett Vallon），结束第二次法国之旅回到伦敦。之后，英法关系紧张，华兹华斯不得不打消重回法国的念头，也因此未能兑现与安妮特的婚约。从1793年到1798年的5年里，华兹华斯的革命热情彻底熄灭，他回到丁登寺废墟旁，试图找回热情、理性和想象力的神圣源头。

不可思议的是，华兹华斯并未描写自己1793年在丁登寺旁的感受，而是从童年、少年一直讲到成年，追溯个人成长过程中与自然关系的演变。因此，《丁登寺旁》的主角不是丁登寺，也不是查尔特勒修道院。此刻，华兹华斯借天主教堂遗址比喻自然在心中留下的记忆，因此，自然才是诗歌当仁不让的主角。诗人的革命热情之所以受到重创，欧洲之所以被权谋、血腥与野心所统治，都是理想脱离现实、想象力脱离自然的结果。诗人此刻唯一能做的，是从曾经为想象力提供养料的风景中汲取慰藉。修道院与自然、新教与天主教、革命理想与历史传统之间，个人（华兹华斯）与他曾属于的人群（乡民）之间，前者都有逐步摆脱后者影响的趋势，每对新旧事物之间的联系一旦割断，都将带来毁灭性的灾难。

所以，华兹华斯这段关于废墟的描写，是对诗歌意义具有决定意义的类比："将个人经历与大规模的文化事件相联系：用新教对天主教圣地的洗劫类比想象力对其神圣源头的侵犯。"（*MCV* 216）事隔五年重返丁登寺的诗人，带着被革命热情损害的想象力回归自然。哈特曼（Geoffrey Hartman）在《华兹华斯的诗：1787 - 1814》（*Wordsworth's Poetry*：1787 - 1804）一书中的一句话，恰如其分地概括了诗人对想象力回归自然的重视："华兹华斯的诗讨论他如何对脱离自然、自给自足的想象力心怀恐惧，以及将想象力与某种意义上的自然进程相联系的必要性。"（41－42）因此，当华兹华斯描写修道院遭受的破坏时，当他谈论"亵渎修道院清净的行为"时，他意识到，如果不对想象力施加约束，人的心灵也可能"造成同样的破坏"（*MCV* 215）。

第四节　重返"伊甸园"

20 世纪的英国诗人爱德华·托马斯（Edward Thomas），曾在《英格兰的文学圣徒》（*A Literary Pilgrim in England*）中总结出几点华兹华斯与湖区的联系：

> 比起其他伟大的作家，人们会更自然也更合理地把华兹华斯与英格兰的某个区域联系起来。原因有三：他一生中有相当长的时间在一个地区度过；作品中的相当一部分风景和人物都来自那个地区，当地的地名频繁在他的诗中出现；他和妹妹记录了很多与创作有关的时间和地点。此外，还写过一本湖区指南，还有一首虽不如指南实用，但是可读性更强的诗。①（261）

准确地说，这段话概括了湖区在华兹华斯情感中的三种存在形

---

① 这首诗应该是《远游》，一首关于在湖区远足以及思考的诗作。详见本书第三章。

式：故乡、书写对象和灵感来源。在《浪漫主义生态学》一书中，贝特用三个词语概括华氏得以维持与湖区情感联系的三种手段：了解（knowing），命名（naming）和记录（recording）。（*RE* 87）了解是指诗人与湖区之间的身份和心理认同；命名是指诗人通过描写人物而赋予当地一种特性，《抒情歌谣集》里的《命名组诗》（*Poems on the Naming of Places*）是很典型的例子；记录是在诗歌中记下创作的时间和地点。

在贝特看来，了解、命名和记录之间不仅相互联系，而且共同组成一个通向个人情感和自我意识的进程。土生土长的湖区人对家乡了如指掌，因此无须命名和记录。诗人虽生于斯长于斯，此刻却是返乡游子的身份。因此，需要重新熟悉故乡的风土人情。诗人只能依靠手中的笔去记录，命名则为记录赋予更深厚的情感意义。华兹华斯在《命名组诗》的《通告词》（*Advertisement*）里说：

> 对那些居住在乡下并且依恋田园生活的人来说，许多地方没有名字或者名字未知，那么，在这里发生过的事和经历过的情感，就无法带上私人或特别的意义。（作者于是产生）一个愿望，希望以某种方式记录这些小事或重现这些情感的喜悦。因此，他用自己和一些朋友的名字命名某些地方，写下以下这些诗作。（*LB* 209）

华兹华斯在作品中表达对土生土长的湖区人民的羡慕之情，并非是想过当地人的那种生活，而是渴望融入他们的情感和文化，以获得超脱、淡然、随性、自然的精神状态。而在乡间、山林中与大自然的互动，不仅赋予他心理上的归属感，而且提供了应对人生问题的精神养料和源源不断的创作灵感。

以《诗人的墓志铭》（*A Poet's Epitaph*）为例。"诗人"躺在坟墓里观察墓地周围来来往往的各式人物，他对这些人的态度，反映出一种对理性的排斥和对自然的亲近。"诗人"让一个正要走近的政客离开，"——首先学会爱一个活人；／然后再来想我这个逝者吧。"随之而来的律师、贵族、士兵、医生，都遭到驱赶。一位伦理学家的到来引发了叙述者长达三个诗节的牢骚，说他"没有眼睛，也没有耳朵；／他自己就是世界，是自己的上帝"；是一个"一个擅长推理、自我沉醉的家伙，／一个彻头彻尾（all‐in‐all）的知识分子"！而一位气质谦逊、衣着朴实、对自然情有独钟的行人，赢得了"诗人"全部的尊重和爱：这是位居住在山区的"乡间哲人"，他热爱自然，擅长在沉思中理解接受自然现象所传达的真理。乡间哲人一如华兹华斯心目中"沉默的诗人"，是所有诗人与自然之间必不可少的情感纽带。

诗中一段对乡间哲人健康状况的描写，初看令人费解："（但是）他很虚弱；既是成人又是孩子，／在田间（the land）一直是闲散的人。"类似的描写也可见于《曾经有个男孩》①　（*There Was a Boy*）一诗。《曾经有个男孩》讲的是温德米尔湖区一位已故少年的故事。他生前常在湖畔、树林里和山岩边玩耍，最喜欢模仿猫头鹰的叫声：

---

① 威廉·华兹华斯. 湖畔诗魂［M］. 杨德豫，译. 北京：人民出版社，1990：98‐99.

总是独个儿站在树下，要么
站在微光闪烁的湖水旁边，
十指交叉，两掌紧紧闭合，
往唇边一拢，就成了他的口笛，
向林间不声不响的猫头鹰，吹出
模拟的叫声，招引它们来应答。
它们果真叫起来，一声声，越过
潮湿的山谷，应答着他的呼唤：
颤音，常常的拖腔，尖利的调子，
再加上洪亮的回声，往复回旋，
汇成了一曲欢乐嘈杂的合唱！

如果猫头鹰未能作答，一团神秘的气息就开始在万籁俱寂的山林间弥漫：

一片寂静里，
他侧身倾听，不由得微微一震：
是远处山洪奔泻的音响，传入了
他的心间；要么，眼前的景色——
一幅幅庄严图像，不知不觉地
印入了他的脑海：山岩，林木，
平静无波的湖面上依稀映现的
那变动不居、愈来愈暗的天空。

这段描写与《诗人的墓志铭》里对"乡间哲人"的一段描写非常相似：

> 涌动不息的深层的生命
> 他在寂静中领悟。
> 围绕我们的寻常事物
> 他能参透其中的真理，——
> 眼睛在安静中的收获
> 他又在心里沉思酝酿。

温德米尔少年在 10 岁时死去，树林、湖畔、山谷的风光依旧，而少年的墓就在山村学堂附近的斜坡上。诗人每每从湖畔经过，都会在少年墓前静默半个钟头之久。弗朗西斯·杰弗里（Francis Jeffrey）对此颇为不解：

> （关于这乡间的男孩），他（华兹华斯）最乐于传达的生活细节，是他曾以对猫头鹰发出叫声并听到回应为乐。为弥补情节方面的不足，男孩模仿猫头鹰的过程描写极其详尽。关于这男孩，我们只知道这些；而就是因为这一"成就"，诗人告诉我们，他经常在男孩的墓前停留、静默、凝视，每次长达半个钟头之久。（Woof 227）

这首诗后来成为《序曲》第五卷的一个片段，保罗·德曼（Paul de Man）在《浪漫主义的修辞》一书中认为，所有《序曲》

中弱小、残疾或处于社会边缘的人物在某种程度上都是华兹华斯本人性格的一部分：

> 众所周知，这个片段……证实了人们的假设：那些贫穷、身体有残疾的人物，溺水的尸体，失明的乞丐，濒死的孩子，出现在《序曲》中的所有意义，都是为了体现华兹华斯的诗性自我。他们表明所有这些文本共有的自传维度。(73－74)

德曼话中涉及的边缘人物，在很大程度上确实是华兹华斯本人个性的体现。比如，叙述者强调少年的墓就在离学校不远的山坡上，让人联想到华兹华斯对书本知识和学校教育的不同态度：他可能是在暗示，孩子自然纯真的天性，在进入学校之后面临被埋葬的危险。结合《序曲》中那些诗人逃学到山里玩耍的情节，读者也许会意识到，《曾经有个男孩》中少年所钟爱的游戏，可能就是童年华兹华斯的所作所为。成年后的华兹华斯，虽逐渐远离童年和故乡，但在内心深处却渴望自己依然是那个少年，在 10 岁时因为死亡而永久地留在故土。《诗人的墓志铭》里"乡间哲人"的状态——已达成人的年龄，心灵却仍是少年一般纯真——是华兹华斯所羡慕的一种状态。

"乡间哲人"和"温德米尔少年"这种无须任何中间环节就能与自然交融、相通的能力，在华兹华斯看来，正是诗人的最佳创作状态，也是诗歌语言所能达到的最高境界。因此，华兹华斯在《丁登寺旁》中感慨：童年和少年时代的诗人与故乡的自然之间毫无隔阂，成年后离开故乡以及随后所接受的学校教育和日益增长的社会经验，在帮助他成长为一名优雅绅士的同时，也割断在心理和精神上与自然之间的联系。"诗人"对"乡间哲人"的亲近感，以及在少年墓前的良久沉思，都代表华兹华斯对久违的故乡与自然的怀念。华兹华斯深知，要成为伟大的诗人，就必须找回已经丢失的与自然间的联系，《抒情歌谣集》里的《兄弟俩》（*The Brothers*）和《鹿跳泉》（*Hart – Leap Well*）两首诗就表达了诗人对回归的渴望。

《兄弟俩》讲的是在湖区长大的一对孤儿兄弟，为养活体弱多病的弟弟詹姆斯，哥哥莱纳德离开家乡去做水手。12 年后，哥哥与弟弟和乡亲失去联系。不久，弟弟失足坠下悬崖。后来哥哥莱纳德回到家乡，听说弟弟已不在人世，遂返回海上继续自己的水手生涯。故事来源于华兹华斯、多萝茜和柯尔律治在恩纳戴尔湖（Ennerdale）附近一个村庄的真实见闻。1799 年 10 月起，华兹华斯作导游，与柯尔律治和几位朋友在湖区进行了一次旅行。华兹华斯和柯尔律治对待这次旅行的不同态度，值得玩味：柯尔律治"急切想要利用旅行文学的时尚，渴望通过出版《旅行对话录》而使这次旅行能'在金钱上'对他有所回报"。（*EY 277*）华兹华斯在《兄弟俩》开篇有一段郊区牧师针对外地游客的批评，部分素材很可能源于他对柯尔律治的观察：

> 这些游客，老天保佑我们！一定
> 干着挣钱的行当：有的边走边看
> 快速而愉悦，似乎大地是空气，
> 而他们是翩翩起舞的蝴蝶，
> 在人生的夏季里享受一切；有的，

也聪明不到哪儿去，坐在一块突出的悬崖上

膝上稳稳放着纸和笔，

抬头看一眼，低头写几笔，再看再写

柯尔律治在笔记中有记载：

距离大瀑布（Scale Force）不远的地方，一个叫作杰罗姆·鲍曼（Jerome Bowman）的人，失足滑倒，摔断一条腿，然后手膝并用爬了 3 英里山路，爬到西克莫的那所农舍。我们在那儿遇到了那位脏兮兮、只剩下两颗牙的老女人，——所有这些都发生在夜里——/ 她没多久就死去了，伤口溃烂——这人的儿子后来从悬崖上落下，摔断了脖子，——应该是在睡觉的时候——有夜游症，来到这个悬崖，掉下——。（*NSTC*，I，Entry 540）

柯尔律治的记录里有不少令人不适的细节。在《游客还是本地人》（*Tourist or Native Son*）一文中，巴特勒（James Butler）认为柯尔律治的重点在渲染"哥特式的"恐怖气氛，原因在于，柯尔律治是南方人，操着南方口音，带着南方人的视角，华兹华斯老家的乡亲"未必合他的口味"。(3) 华兹华斯则为故事联想出人情味十足的细节，这是故乡情结的一种表现，在他为友人设计的"行程和活动安排之后实际上隐藏着一个北方人浓浓的乡愁"。（同上）故事中的莱纳德兄弟与华兹华斯家的孩子们有类似遭遇：首先，华兹华斯在 1799 年创作《兄弟俩》的时候，与故事中的莱纳德一样，离开家乡已达12年之久，他与多萝茜此次返乡，是希望能在湖区建起一座永久的家园。同样，正如故事里的莱纳德，华兹华斯目睹故乡的人事巨变，而在内心产生一种焦虑和身份危机。当此地居民与他相见却不相识，笑问游客来自何处，令他不禁困惑：自己究竟是游客还是返乡的本地人？

在诗里，华兹华斯把近乡情怯的焦虑投射到有相似经历的莱纳德身上。回乡的莱纳德对山区平静的生活无限向往，他说：

> 所有的年份就像一个和平的家庭；
> 没有伤感没有苦恼，因为，欢天喜地地
> 迎接新一年送走旧一年，它们彼此相似，
> 也因此无法被记住。

并未认出莱纳德的牧师，将他这番言辞恳切的表达当成一个外地人的胡言乱语予以反驳。牧师说，山区人的日历也许不是年谱，不会记录大大小小的各种事件，却从不遗漏那些令人痛苦的灾难：

> 元月里漫天的大雪之后
> 可能是一场骤降的五月风暴，
> 一个夜晚成百只羊
> 成了乌鸦的美餐，也许一个牧羊人
> 在山岩间毫无预兆地死去：
> 或者一场冰霜冻坏并冲走了一座桥
> ……

因此，虽然缺少事实和日期

我们对时间的记载却有两个本子

像日记一样，先生，一本

给整个山谷的人看，一本给每户人家，

你所说的是陌生人的判断：

是把我当成山谷的史官。

牧师认为，山区的生活并非风平浪静、一成不变，更不缺少"伤感"和"苦恼"。华兹华斯的近乡情怯，在写到莱纳德被牧师批评的情节时达到顶点，以至于不得不暂停这首诗的写作，转而去写另一首慰藉心灵的《鹿跳泉》。

在《鹿跳泉》① 里，一只雄赤鹿为了回到日夜思念的水井附近，甘愿被猎人围捕并因此丧命。这首悲壮的返乡故事，其叙述方式可圈可点。故事分两部分：第一部分从沃尔特爵士的角度，用第三人称讲述他猎杀雄赤鹿并为之树碑纪念的过程。第二部分是诗人与牧羊人的一段对话，叙述他们各自对悲剧的看法。在第二部分的一开始，诗人说道：

我不会用离奇事件打动人心

也不会用惊险情节叫人恐惧；

我的爱好是：独坐于夏日凉荫，

只为有心人吹一支简朴的乐曲。

---

① 威廉·华兹华斯. 湖畔诗魂 [M]. 杨德豫，译. 北京：人民出版社，1990：138 – 147.

96

之后诗人在鹿跳泉边遇到牧羊人并问起纪念碑的来历，而牧羊人所讲述的是一个迷信色彩极其浓厚的哥特式传说。这首诗的设计与前面几首诗如《我们是七个》《宝贝羊羔》不同：之前华兹华斯想要强调牧羊人或当地人因其与自然的密切关系而倾向于使用简单质朴的语言，叙述者则倾向于使用被想象力扭曲的语言。而在《鹿跳泉》的第二部分，叙述者和牧羊人的语言风格发生了调换，但寓意与之前的作品并不矛盾。在这首诗里，华兹华斯强调的是当地人对待他的态度：牧羊人向诗人讲述的故事部分来自想象，比如雄赤鹿与这汪泉水之间的关系以及雄赤鹿死后事发地点的种种离奇现象：

> 它跑了十三个钟头，难逃一命；
> 咱们脑子不灵巧，实在说不上
> 为什么它一心惦着这里，一定
> 要奔这里来，要死在泉水近旁。

> 也许，它曾在这片草地上酣眠，
> 夏夜清幽，这泉声催它入睡；
> 也许，它初次离开母亲身边，
> 初次喝到的，便是这里的泉水。

> 也许，四月的清早，山楂花开，
> 它曾在这里听鸟雀欣然合唱；
> 也许（有谁知道呢），它就出生在

　　离这泉水不到百米的地方。

　　这些内容致力于解释雄赤鹿与泉水的关系，作为对旅游景点的宣传，足以使游客印象深刻，日后忆起此处也有话可讲。比如柯尔律治就从中获取写作游记的素材。

　　但是，于华兹华斯而言，湖区是生于斯长于斯的故乡，是现在和未来的理想家园之所在，任何哥特式的想象、轰动性的情节，都有违于此种情感。华兹华斯并非不能接受悲剧，而是倾向于用诗歌的修辞和语言弱化悲剧的情感效应，向读者揭示更深刻的哲理。诗里，"诗人"告诉牧羊人：公鹿横死并非造化无情所致，它的悲悯和伤悼寓居于"周遭的天光云影"和"树林的青枝绿叶"之中。纪念公鹿的建筑随已"渐次陵夷"，遗迹上每年都布满"花草绿荫"，在造化掩盖起来的悲剧和展现的景色中，实则饱含着深深的教诲。"诗人"的话到此为止，却余音悠长，他无非是想表达一个意思：不可沉溺于悲伤场景的描写，不可无节制地讲述悲剧。这无疑也是华兹华斯对待悲剧的态度。

　　消除身份焦虑、重建与湖区的情感联系，华兹华斯还有一个途径——命名。定居湖区之后，他开始《命名组诗》的创作。这组诗歌作于 1800 年，起初有五首，华兹华斯于 1805 年创作了第六首《当我摒弃繁华世界的诱惑》(*When to the Attractions of the Busy World*)，1815 年将其纳入组诗，又名《约翰的树林》(*John's Grove*)。

　　组诗第二首的《致乔安娜》(*To Joanna*)是为一位在城市出生和长大的女孩乔安娜所作。诗人描述乔安娜非常深爱自己的家人，与生活在湖区、热爱自然的华兹华斯一家却很难建立情感纽带：

> 很难理解那些人的感情
> 他们用深情的目光望着小山，
> 与溪流和树林建立友谊。
> 然而，我们其实是侵入者，
> 虽然我们在树林和田野里
> 过着简朴的隐居生活。

诗人有一次与乔安娜在山上游玩，被覆盖"灌木和树林，石块和野花"的一团芬芳的色泽所打动，不禁陷入沉思。看到诗人的这种状态，或许是因为不理解，或许是因为孩子的天真，乔安娜发出一阵大笑，声音在整个山谷回荡。18 个月后，诗人再次漫步至此，回想起当日场景，用凿子在山岩刻下乔安娜的名字。从此，乔安娜成为诗人与家人以及山谷居民的谈资，并以之与湖区之间建立起永久的联系。在此诗的附录里，华兹华斯讲到坎伯兰（Cumberland）和威斯特摩兰（Westmoreland）附近的不少山岩上都刻有罗马字。而华兹华斯的举动，一方面是为了融入当地文化，另一方面则是为写诗赋予意义。后来，他回忆起这首诗的创作时说：

> 我陷入想象不可自拔，完全忘记了最初的目的……我在幻想的眩晕中继续……，讲述我当时以为确实发生过的这件事，或者在我回忆的时候暂时相信曾发生过的事，在想象的作用下，也许发生过或者确实发生过……（*RE* 98）

在讲述中，华兹华斯对这段经历的真实性不置可否，贝特却认为刻字的行为意义重大：因为"这首诗却实实在在地存在"。或者说，"在咒语一样的写作中，华兹华斯获得了此地的命名权"，而且"在想象中把乔安娜写入自然"（*RE* 98）。

1805年弟弟约翰死于海难之后，华兹华斯与多萝茜经历了一段痛苦的日子，最后还是为悼念约翰而写的几首诗，帮助他从悲伤中走出，后来作为《命名组诗》第六首的《当我摒弃繁华世界的诱惑》就是其中之一。这首诗所讲的故事，发生在1800年华兹华斯一家开始定居格拉斯米尔之时。诗中提到约翰常去的那个树林，后来被命名为"约翰的树林"（John's Grove）。正因如此，1815年此诗一经发表就被纳入《命名组诗》。史蒂芬·吉尔在《华兹华斯的一生》（*William Wordsworth：A Life*）中这样记载：

> 有一个地方是他独有的……约翰经常到唐恩德不远处一片幽静的冷杉树林。华兹华斯第一次发现林中被弟弟踩出的小路时，他快乐地写下一首可爱却不知名的小诗献给约翰——《当我第一次走到这里》。在这首诗里，华兹华斯称呼弟弟为"一位沉默的诗人"，因为他有"一颗处处留意的心……敏感无比的听力/以及像盲人的触觉一样敏感的眼睛"。……因此，约翰才能"对家人的快乐完全感同身受"，而且支持和理解对华兹华斯成为"为世界做点什么"的诗人的愿望。(183)

华兹华斯后来对这首诗的开头做了一些修改，删除前面的几句，而以"当我摒弃繁华世界的诱惑"作为开头和标题。《当我摒弃繁华世界的诱惑》不仅交代了诗人一家搬迁至此的背景，而且表达了诗人对乡村生活的向往。尴尬的是，诗人融入当地的愿望在现实中屡遭挫折：华兹华斯在诗中写道，自己来到这个山里的新家之后，常常在附近的树林里散步。他每次见到那些漂亮的飞鸟和小动物，都很好奇它们究竟栖身何处。但是动物们明显对他有所提防，警惕地观察他的一举一动。诗人的内心充满挫败：动物们藏身在隐秘的地方，一方面是为了躲避风暴，另一方面也许是为了躲避他自己：

> 在树林最远的边缘处，——
> 一个隐秘之地，是它们的栖息之所
> 它们因为两种恐惧而缩在一起——
> 它们恐惧我和风暴。

诗人常常在此地迷失，动物们的藏身之所对他来说一直是个谜。冬去春来，冰雪消融。4月里的一天，诗人像往常一样在林间漫步，却无意中发现通向隐秘之地的路径：

> 在林中树枝天然分叉的地方
> 有一条踩踏平整的小路
> 平缓的蜿蜒向前，我站在那儿
> 十分疑惑，如此明显的通道
> 为何以前的努力总是徒劳？

　　这条小路是约翰的最爱，华兹华斯循着弟弟踩出的小径边走边想象他在甲板上走过的脚印，感觉在约翰与故乡的土地中间仿佛存在一条从未消失的情感纽带。华兹华斯称他为"沉默的诗人"，意思是，约翰虽不干写诗的营生，却拥有诗人求之不得的童稚与纯真，因此，在精神上与林中的鸟兽息息相通，并与它们共同拥有这个隐秘的世外桃源：

> 但是你，还是个孩子，带着
> 永恒的回忆到了海上！在那儿
> 自然和你在一起；她，爱我们两个，她
> 依然和你在一起；正因如此
> 你才成为"沉默的"诗人；从茫茫大海
> 的孤寂中带来一颗敏感的心
> 依然在观察，无所不闻的耳朵，
> 眼睛敏锐如盲人的触觉。

　　发现约翰树林的秘密之后，叙述者与自然间的联系仿佛被打通，即使在约翰离开之后，只要散步至此，即可感受到与约翰及树林之间的情感联系：

> 当没有云彩遮蔽的阳光肆无忌惮，
> 或强风肆虐，我会到此躲避；
> 在傍晚，当"何银"（Silver – How）山坡
> 和格拉斯米尔静静的湖泊

以及树缝之间绿色的树荫闪闪发光

我会到这冷杉林的奇幻世界坐坐！

当我凝视这个景象

云雾一样的辉煌，梦境一样的地方

美丽而庄严，我就想到你。

　　《迈克尔》是1800年《抒情歌谣集》的最后一首。主人公迈克尔与湖区的自然之间有一种牢固的契约，他"最了解这些地方，深深扎根于此"，自然无须为任何一个地形命名，更无须借助任何地图。诗人却恰恰相反，他与当地的联系是"字面上的"以及"有意识的"。象征迈克尔与故乡之间情感契约的是家以及他为儿子路克建造的羊圈。路克去往城市之后日渐堕落，后来干脆远走海外音信全无。迈克尔与土地之间的契约从此中断，他再也无法为羊圈添一块石头。迈克尔死后，羊圈和房子都变成废墟。

　　《迈克尔》[1] 被誉为田园诗的典范，不仅仅是因为迈克尔这个人物朴实、动人的情感，毕竟就人物形象而言，迈克尔与其他诗歌里的人物——西蒙·李、爱德华或者老乞丐，并无太大分别。这首诗的独特之处，在于叙述者的身份、讲述方式以及对待悲剧的态度。故事一开始，叙述者带领读者来到位于偏僻处的羊圈旁，从一堆石头谈起：

　　　　虽然看到它，却毫不在意——瞧呵，

---

① 杨德豫译，见《湖畔诗魂》第64–83页。

溪水旁边那一堆散乱的石头！
多么平凡的一样东西，却藏着
一个故事——没什么离奇情节，
然而，当冬季在炉边闲坐，或夏天
在树下纳凉，讲起来却也动听。
谷地里住着牧羊人，他们的故事
我听过不少，听得最早的是这个。
我喜爱那些牧羊人，倒不是由于
他们自身，而是由于这一片
原野和山岭——他们游息的地方。

　　羊圈的废墟令人联想到《山楂树》里的土包、水井以及那棵树，在某种程度上，这些景色都是逝者的痕迹。同样是口头传诵的故事，《山楂树》的叙述者是一位试图融入山区的老水手，外地人的身份驱使他用望远镜去窥探、用猎奇的心理去讲述，以及无中生有地想象出离奇的情节；《迈克尔》的叙述者是当地人，虽受过教育、擅长写诗，与土地的情感联系却从未中断，所讲述的故事也因而更为可信。在这个故事的讲述中，想象力毫无用武之地，所有的故事都情节平常、缺少修饰：

那时，我是个孩子，不喜欢念书，
而由于自然景物的温柔感染，
已经体会到造化的神奇力量；
那时，这故事引导过我，去探索

我自身之外别人的悲欢，去思考
（当然，杂乱无章，也很不充分）
人，人的心灵，和人的生活。
因此，尽管这故事平凡而粗陋，
我还是把它讲出来，相信有一些
天性淳朴的有心人会乐于听取；

得益于叙述者淳朴、克制的讲述，这个"写得具体的平常故事"，得以"接触到大自然养育的人的最根本的情感"，"有了过去同类之作所无的思想深度和感染力"。（王佐良《英国诗史》252）

至此，读者与华兹华斯和他的叙述者们一道走完了《抒情歌谣集》里的一个循环：从老水手那样一个来自山谷外的窥探者，试图对纯真的儿童进行说教的官僚，取笑老态尽显的孤独老人以炫耀学识的知识分子，无知而充满想象力却被关在真理之外的成年人，到试图融入湖区的生活而内心充满焦虑的返乡游子，再到为山谷地形命名而最终找到归属感的成熟的诗人。在创作最后一首诗《迈克尔》的同时，华兹华斯开始以第一人称写作两卷本《序曲》和作为《隐士》序言的《位于格拉斯米尔的家》，他终于找回在自然和故乡的位置，开始创作有关心灵与自然关系的诗歌。

第二章

《序曲》：意识与"存在"的"同一个生命"

第一节　《序曲》是一首怎样的作品

一、《序曲》的渊源及不同版本比较

1798 年，华兹华斯在柯尔律治鼓励下开始构思《隐士》的创作。后来，《隐士》的创作遇到瓶颈，华兹华斯转而写作对童年时代的回忆，回顾自己的成长历程以探索心灵的奥秘，希望借此重拾信心。这段时期的成果就是《序曲》。

《序曲》的源头，可追溯到华兹华斯与 1798 年秋在德国创作的若干不连贯的自传体诗歌片段，包括后来被纳入 1805 年版第一卷的"愉快的开篇"（1 – 54）和对童年时代的回忆，如"偷船"（372 –427）和"滑冰"（452 – 489）等场景，第五卷的《温德米尔男孩》（389 – 413），以及对德汶河长达 149 行的诘问（后来成为 1799 年两卷本第一卷的主要部分，在 1805 年版本中被压缩到 15

行：第一卷 271 – 285）。1799 年 10 月，柯尔律治在读过其中一部分后感叹："哦，这只能作为《隐士》的装饰！除了《隐士》，我没有耐心了解任何其他作品。既然是为我而作，我希望它能通向更大规模的作品。"（*STCL*，I，538）

好友对这首自传体诗不屑一顾的态度，并未影响华兹华斯的创作热情。他很快就投入诗歌第二部分的创作，1799 年底，多萝茜和玛丽·哈钦森已经开始抄写比较像样的手稿。这部分手稿中新增的内容，包括"家中的娱乐"（home – amusements）（1805 年《序曲》第一卷 534 – 570）和华兹华斯童年和青年时代的一些重要"瞬间"（spots of time）（1805 年《序曲》第二卷 258 – 374），有相当大的篇幅用来讲述"瞬间"在诗人情感、道德和智力形成过程中的关键作用，以及在未来可能为诗人带来的更为深远的影响。1974 年，约拿逊·华兹华斯和史蒂芬·吉尔将这些手稿整理后作为《序曲》创作过程中一个独立的阶段出版，称为两卷本《序曲》或 1799 年《序曲》。用史蒂芬·帕里什的话说，这是对华兹华斯"在自然力的关照下成长历史的一个记录"（1798 – 1799《序曲》36）。

1804 年 1 月 4 日，华兹华斯为柯尔律治读了这部"神圣自传的第二部分"。在那之前，大约从 1801 年 4 月至 1803 年末，华兹华斯已经开始对 1799 年《序曲》进行修改和续写，将内容延伸到在剑桥上大学期间的智力发展，这部分后来成为 1805 年版《序曲》的第三卷。柯尔律治出发去马耳他疗养之前，华兹华斯在 1804 年 1 月至 3 月期间将诗歌的篇幅延长至五卷，预备让好友带到国外阅读。4 月至 5 月间，华兹华斯完成了第七卷，草拟第六卷和第八卷的部分内容，并从 10 月起开始规划并草拟第八至十三卷。后来，约翰在海难中丧生，华兹华斯几乎被悲痛击垮，从 1805 年 2 月中旬到 4 月中旬期间，写作陷入停滞。但是不久，华兹华斯就振作起来，并于 5 月底重新投入创作。1805 年 11 月至次年 2 月，多萝茜抄写多份手稿，玛丽·哈钦森之弟乔治为之拟题曰《威廉·华兹华斯写给 S. T. 柯尔律治的一首题目未定的诗》①。1807 年 1 月份，华兹华斯为柯尔律治读了整首诗，并将手稿 B 借阅于他，柯尔律治在第六卷末尾作了几处注解。这个阶段的《序曲》，内容包括华兹华斯 1790 年在欧洲游历的缘由，1791 到 1792 年在法国居住的经历，由厄内斯特·德·塞林科特（Ernest de Selincourt）在 1926 年编辑出版，被称为十三卷本《序曲》或 1805 年版《序曲》。

《序曲》的内容，并非简单回顾诗人想象力的成长，而是借此证明华兹华斯"被理性和真理赋予/持久而神圣的灵感"。（第十三卷 443 – 444）在华兹华斯看来，那首"自然、人类、社会"等无所不包的哲学巨著《隐士》，才能真正体现思想深度和创作实力。因此，他对《序曲》的态度十分矛盾：一方面喜爱得手不释卷，同时又低调地称之为"柯尔律治的诗"或者"个人心灵的成长"。《序曲》一诗，起初只在华兹华斯的亲友之间传阅。在 1814 年的《远游》前言中，华兹华斯第一次承认其存在，但是从未公开诗歌文本。在 1804 年 3 月时，华兹华斯对理查德·夏普（Richard Sharp）声称永不发表《序曲》，"除非另一首诗（《隐士》）已经创

---

① 吉尔在《华兹华斯的〈序曲〉》一书导言中写道：1805 年的十三卷本创作结束之后，华兹华斯让人抄写两份诗稿。其中一份的封面上，以华丽书法写着：诗/题目未定/华兹华斯/著/献给/S·T·柯尔律治"。由此开始，《序曲》被华兹华斯的亲友们称为"献给柯尔律治的诗"。

作完成并发表，并向外界证明我以之记录成长历史的必要性。"
(*PFT*, *xxxiii*)《隐士》始终未能完成，华兹华斯对《序曲》的地
位和主题也一直存有疑虑。1805 年 5 月，他对乔治·博蒙特爵士
(Sir George Beaumont) 表达自己的担忧："一个人谈论这么多与自
己有关的东西，这在文学史上从未有过。"（*WWPC* 19）写作《序
曲》的初衷，是向柯尔律治证明自己驾驭史诗体裁的能力，因此在
华兹华斯心中，《序曲》始终不过是两位诗人之间的一场私人谈话。

　　从完成 1805 年的十三卷《序曲》到开始 1850 年十四卷《序
曲》的几十年间，华兹华斯所经历的变故，将他从青年时代的诗人
预言家变成一位虔诚、苛责的老人。塞林科特认为两个版本之间的
一处不同最能说明这个转变：

　　　　那时的我在事物深处敬拜

　　　　灵魂对我如此要求：我怎能

　　　　不去赞赏，怎能不满足于

　　　　内心的爱和谦卑？

　　　　我感受，仅此而已；我不判断，

　　　　从未试图判断，被自然赐予的

　　　　荣耀充满并感动——

　　　　（1805《序曲》第十一卷 233 – 239）

　　　　那时的我在事物深处敬拜，

　　　　虔诚的我本该如此；我怎能

　　　　不全心全意地赞赏，怎能不

> 服从于内心的爱和谦卑？
> 我感受、观察，然后沉思；却不判断，
> 是的，从未试图判断；被自然赐予的
> 荣耀充满并感动。
> （1850《序曲》第十二卷 184 – 190）

　　1838 年 5 月，华兹华斯向波士顿出版商乔治·蒂克纳（George Ticknor）坦言，自己对创作《隐士》感到力不从心。根据伊莎贝拉·芬威克（Isabella Fenwick）的记录，华兹华斯一直为《序曲》忙碌，希望"把这首诗修改到适合发表的程度"。她说：

> 　　每天晚上只要天气允许，他都会来并与我谈论工作的进度——那些他已经解决掉的困难、增加的美的句子、做出的修改以及原因……（*PFT*, xlv – xlvi）

　　由此可见，华兹华斯预备把本该用来创作哲学史诗的精力全都转移到《序曲》上来，但是，他为《序曲》新增的句子并非都是"美的"。比如，人"出生/于尘土，与虫子同族"，或者想象力"被/谦逊训导，歌颂人的信仰"。（1850《序曲》第八卷 487 – 488；27 – 28）华兹华斯修补后的"攀登斯诺登峰"片段，约拿逊·华兹华斯认为，对自然的直觉还在，但诗人的年岁与心境已不可挽回地改变，这点在对精神体验的描写中尤为明显。他认为，华兹华斯不再有青年时代的自信与理想主义：

尽管多数令人印象深刻的主张得以保全，华兹华斯却无力为维多利亚时期的读者描写那"强大心灵的图像"，那属于人类、却源自自身内在的伟大"无限"。他不再能够刻画那样一个"由背后一个巨大存在托起"的心灵，那个存在也许是"上帝，也许是一种自身模糊/并且力量无限的生命"。（*PFT*, xlvi）

约拿逊还提到华兹华斯对 1805 年《序曲》第十二卷"瞬间"部分的修改。起初它们是这样的：

> 这些景象与声响
>
> 我都时常忆起，那滋味
>
> 犹如在甘甜的泉水啜饮。我相信
>
> 即使岁月流逝，每当风暴
>
> 在午夜敲打屋顶，或当我
>
> 闲暇时漫步林间，它们
>
> 将悄悄带来灵魂的复苏。
>
> （第十一卷 382－388）

1839 年或更晚的时间，华兹华斯对这部分做了修改：

> 所有这些亲切的景象和声响
>
> 我都时常忆起，那滋味，犹如

在甘甜的泉水啜饮；直到现在，

在每个风暴敲打屋顶的冬夜，或者，

当我在中午时分漫步林间，看那高耸的大树，

布满夏日浓密的藤叶，在强风中

摆动，某种灵魂深处的东西，

某种内在的情感油然而生，

或激发愉快而忙碌的思考，

或促成一小时空白的闲暇，

无论如何都十分美妙。

（1850《序曲》第十二卷 324－335）

　　那些曾为青年华兹华斯带来"灵魂复苏"的"瞬间"，到他老年的时候，仅可用来激发"内在的情感""愉快而忙碌的思考"和"一小时空白的闲暇"，似乎华兹华斯已对想象力丧失信心，开始以之作为"回忆往昔"或"打发时间"的玩具。回想1805年，华兹华斯视柯尔律治和自己为自然的预言家，受到"理性与真理/的神圣庇佑"（sanctified / By reason and by truth）（1805年《序曲》第十三卷443－444），老年的他则是"为理性所/庇佑，为信仰所赐福"（"sanctified / By reason, blest by faith"）（1850年《序曲》第十四卷445－446）。乔纳森·华兹华斯认为，这些改动使原本代表华兹华斯思想核心的内容——想象力不可预测的雄壮变得毫无意义，似乎"华兹华斯对自己青年时代的那种勇敢感到害怕了"。（PFT, xlvi）

　　对比两个版本之后，读者发现，华兹华斯逐渐失去对感觉经验

的信赖，放弃对"诗人预言家"的期许与信心，转而依赖后天习得的虔诚以及从经验中抽象而出的理性。因此，若论及人与自然的关系，由青年华兹华斯完成于1805年的《序曲》要比1850年版更符合浪漫派的革命精神。此外，既然《序曲》是一首献给柯尔律治的诗，那么柯尔律治确实读过并认真作过注释的十三卷本也无疑具有更大的情感价值。综合以上因素，本书将以完成于1805年的十三卷《序曲》作为讨论的文本依据。

二、"瞬间"作为《序曲》的结构

在《抒情歌谣集》所收录的多数诗歌作品里，诗人是游移在自然、真实之外的一个尴尬角色，不论作为还乡者、人口普查员还是归隐山间的老水手，在观察、解读自然现象和乡村轶事的时候始终带着将其浪漫化的心理，而显得造作、荒唐。与之相对，总有一个质朴、简单的声音，无意间说出被诗人的迫切、感伤或猎奇心理所遮蔽的真相。如果用这些叙述者指代被学校教育和社会经历所累、而从伊甸园堕落的人类，那么质朴、真诚、寡言少语的湖区人民则可说是身处伊甸园中，与动植物共用一种语言。华兹华斯在《抒情歌谣集》中所塑造的湖区人民，在过去和现在都对诗人产生较大的影响，从某种程度上说，他们是诗人童年和少年时代的玩伴，是诗人成年之后的精神向导，使他免于被迫切、感伤或理性所蒙蔽，保持与自然之间的联系，从而拥有一种独特的解读和表达能力。

亚伯拉姆斯指出，这是浪漫派诗人常用的一种堕落－救赎的情节模式。《丁登寺旁》中：

诗人面对某个特定的自然场景，以之作为自身问题的隐喻，心灵与自然的对话组成整篇诗歌，由自然场景所触发的精神危机最终得到解决。《序曲》也是如此。诗人独自置身于自然环境之中，心灵对景色的特征及变化做出回应，意识到自身已进入新的成长阶段，并对面前的场景有了新的理解。（*NS* 92）

唯一的不同在于，《序曲》中为诗人提供救赎的声音，来自童年记忆中心灵与自然的对话。赫伯特·林顿伯格（Herbert Lindenberger）注意到《序曲》中过去与现在之间互相依存、缺一不可的关系，他说：

这种回顾、追溯过去的方法是华兹华斯诗歌的一个特色，读者总能感觉到两个时间点：一个是暗淡、宁静的现在，诗人在此时为柯尔律治创作诗歌，同时思索友人伟大志向所强加给自己的使命，那首以"自然、人类及社会"为主题的史诗巨著；另一个是诗人生命中的过去，那个他一再回顾的精神源头……对过去的追溯是《序曲》的实质，自身并无太大的存在价值，只有透过"现在"这个时间点的角度去看才有意义。（*WWTP* 77）

尽管如此，在同一篇文章中，林顿伯格指出，华兹华斯对"过去"的回忆生动而且充满活力，但诗人"从未有过赋予它主动性的想法"，他只是通过描写过去对现在的影响，通过反复声明自己从过去获取精神营养的渴望，而在诗中形成一种"双向运动，来来回回，从过去到现在，又从现在回到过去"（*WWTP* 79－80）。两卷本《序曲》的第一卷，诗人在思考童年经历的深远影响时，插入一段大约发生在诗人 6 岁时的具体事件：是时，华兹华斯在山中练习骑马，不幸与家仆走散，慌忙间来到一处古时候的刑场旧址，绞刑架与关押犯人的刑车已尽皆损坏腐朽，但在岩石之上，不知是谁刻下的犯人姓名依然清晰。之后，诗人看到一个小女孩在狂风中汲水。迷失与荒凉的自然景象，在诗人幼小的心灵里留下深刻的印记。

成年之后，诗人与弟弟妹妹回到家乡定居，也曾多次从此地路过，当年荒凉、可怖的气氛已被甜蜜的亲情所稀释，只留下对某种神秘力量的依稀记忆。林顿伯格认为，这是一个典型的时间与记忆的"双向运动"，诗人从 1798 年回到童年的某个场景，从那儿想象古时候一个罪犯被处死的情景，之后时间又跳跃到诗人 18 岁时与亲人重返家乡的幸福和圆满。林顿伯格认为华兹华斯对童年"瞬间"的这种处理，尽管打乱了事件发生的时间顺序，却为《序曲》提供了隐形的情感结构。（*WWTP* 79－80）

以"瞬间"作为《序曲》的叙事结构，并非林顿伯格的一己之见，同样重量级的代表人物还有亚伯拉姆斯。探讨"瞬间"作为叙事结构的合理性，要从这些童年回忆所体现的想象力与自然的互动谈起。想象力和自然，一个是主观意识，一个是客观存在，这二者之间的互动，其本质在于人与"存在"之间的此消彼长、尔进我退、互相依存。浪漫派诗人常用的"风弦琴"（wind－harp 或 aeolian harp）意象中，起于自然之微风和与之呼应的琴声，恰好对应于相互影响和作用的"存在"与意识。

　　"风弦琴"的叫法始于柯尔律治的《失意颂》（*Dejection；An Ode*）：诗歌讲述一个乍暖还寒的 4 月天，断断续续的微风吹动风弦琴，诗人的内心也随着琴声涌起一阵情感，他似在被动等待创作灵感，同时渴望以主动的创作派遣内心的思绪。在这首描写无望爱情的作品中，诗人压抑、忧伤的内在情感得以抒发释放，但是，自然的微风再也无法唤起任何快乐。在《序曲》第五卷中，华兹华斯把内心深处的这种情感反应称为"呼应的和风"，之后被亚伯拉姆斯借来比喻浪漫派诗人创作灵感与自然的关系。由此，"呼应的和风"成为著名的文学术语。亚伯拉姆斯是这样说的：

　　　　柯尔律治、华兹华斯、雪莱和拜伦的诗歌里都充满了与"风"有关的意象，这一点本身很有意思；令人惊讶的是，在这些诗人的主要作品中，"风"常常不仅是自然景色的特质，还是对诗人内心所产生的一种强烈情感的比喻。风的产生，通常与冬去春来的季节转换相联系，在诗里却与复杂的意识过程几乎同时发生：从孤立回归群体的归属感，从冷漠和死气沉沉的麻木到产生活泼的情感，从想象力的短时贫瘠到才思的突然大爆发。（*ERP* 37 – 8）

　　亚伯拉姆斯认为，《序曲》中自然运动与内在生命之间的对话，其外在表现为不时发生的"瞬间"，代替时间顺序成为整篇《序曲》的内在结构：

　　　　实际上，这部作品刚一开始，频繁出现的"风"的意象就

自然而然成为主旨，反映外在运动与内在生命和力量的互动和
延续，为诗歌提供时间顺序之外的结构准则。（*ERP* 39）

华兹华斯所讲的那些重要"瞬间"，尽管都与自然体验相关，
却不是直接的自然体验，必先经过回忆的过滤、沉淀，才能对诗人
产生影响。与之相对，发生在当下的直接体验，往往成为想象力的
阻碍。比如在第一卷开篇，诗人被田野的微风吹拂之后，从内心涌
起一阵与之相呼应的创作灵感：

> 当自然轻柔的微风
>
> 吹在身上，内心涌起
>
> 呼应的和风，带来灵感，
>
> 这生气勃勃的风，最初只是轻轻掠过，
>
> 激发万物的生长，而后
>
> 变成风暴，强劲之力
>
> 卷挟万物、气势磅礴。
>
> ……
>
> 有节奏的诗句
>
> 自发从内心涌出，我的心灵
>
> 穿上祭司的长袍，似乎已被选中，
>
> 为神圣的自然效力。我怀着无限憧憬！
>
> 在自己的吟诵中振作，还有——更多——
>
> 心灵对自然质朴之声的回响。
>
> 我聆听两种声音，从中汲取

对未来的信念，内心充满喜悦。

（第一卷 41 - 46；60 - 67）

为了抓牢这股奇异的灵感，诗人决定走近自然，与万物进行一次更深入的交流。他走入"一片绿荫坐下／在大树下面，主动放松自己思想／渐渐融入温柔的欢愉"。（第一卷 71 - 73）诗人想象出一片幽静美好的山谷，计划以此作为旅行的终点：那里有诗人熟悉的小木屋和寂静田野，当自然的微风吹过，他将开始创作壮丽的诗篇。然而旅行开始不久，诗人刚刚作别身后的城市步入山谷，意想不到的事发生了：

> 那是个美好的傍晚，灵魂
>
> 恢复不久的活力
>
> 又一次经受检验。她从不缺少
>
> 自然之琴的造访，然而那琴声
>
> 旋即节奏大乱，和谐的旋律
>
> 消散在零乱的乐声中——
>
> 最终无声无息。
>
> （第一卷 101 - 107）

布鲁姆认为，诗人的"灵魂"之所以失去"活力"，"自然之琴的声音"之所以在诗人耳中消散，也就是说，面对自然，诗人之所以失去灵感，正是因为体验就发生在当下，在面对面的情境中，因而过于直接。而只有在回忆中复现的自然，才能唤醒诗人的想象力，为他带来源源不断的灵感：

> 华兹华斯在《序曲》试图区分对外部世界的直接经验和间
> 接经验。华兹华斯式想象力要获得自由，就必须很矛盾地避开
> 直接自然的束缚，同时尽力寻求记忆中的自然的统治。……在
> 过于清晰直接的自然意象面前，他往往无话可说。（*WWTP* 6）

布鲁姆指出，自然作为华兹华斯的向导，其力量必须有所抑制，只有被分散，变成一种覆盖性的大范围的模糊存在时，才能对诗人产生积极作用。反之，直接、未经任何媒介过滤的自然体验将损伤诗人的想象力。因此，"瞬间"其实是一种象征性的姿态，华兹华斯以之代表一种"关系"，一种"人与自然生命之间的对峙"，或"一场对话"。（*WWTP* 6）与布鲁姆持同样观点的还有杰弗里·哈特曼。他说，华兹华斯诗中的自然并非"自然物"（object），"而是一种存在（presence）和力量；一种运动和精神；不是被敬奉或消耗的对象，而是精神向导，始终指向存在其意象之外的意义"（*WWTP* 60）。

不妨针对布鲁姆和哈特曼的观点作较具体的阐释。《序曲》所讲述的诗人少年和青年时代的几个"瞬间"中，"存在"对意识、自然对想象力的影响，起初都封存在诗人记忆中，且丝毫不为诗人所察觉。经过时间的过滤与沉淀，这些影响于某个重要时刻突然显现，始料未及，却又出于必然。这些"重要时刻"，包括多年之后旧地重游，对人生感到迷茫，理想破灭，遭遇精神危机，或者写作遇到瓶颈，等等。"瞬间"作为心灵与自然的"关系"和"对话"，

实际上是意识与"存在"之间的互通款曲，往往贯穿诗人的一生。
童年时代，想象力即心灵被动且处于弱势：成年后，诗人要从中汲
取灵感，用以诗歌创作，则必须调动想象力，在想象力与自然之间
维持一种微妙的平衡；平衡如果被打破，作为互动之成果的诗歌创
作就难以为继。接下来，本书将分阶段逐一讲述诗人成长过程中的
"瞬间"。

第二节　童年心灵"聪悟的被动"

在《序曲》的第一卷，诗人走进童年时候的山谷，寻找创作灵
感，却由于自然的直接冲击而事与愿违，内心的情绪和灵感——即
"呼应的和风"，在荒蛮、原始的自然影响下变得混乱，随即消散在
几声不和谐的音符里，直至最后彻底沉寂。这之后，诗人试图再度
振奋勇气，为作品策划不同的主题：弥尔顿未曾写过的一首关于古
罗马勇士的一首田园诗？或是一些不知名的小人物为正义冒着生命
危险反抗暴君统治的故事？而对于真正应该创作的哲学史诗，他却
感觉难以胜任。诗人轻声呼唤故乡的德汶河，并陷入深深的自责：
难道母亲河所有的哺育都只换来这些卑微的诗作？

> 难道是为了这些
> 那条最美的河流，她的水声常常
> 融入奶妈哼唱的歌谣，
> 从她流经的赤杨木的树荫和多岩石的瀑布，

从她的渡口和浅滩，传来的声音

在我的梦中流淌？难道是为了这些，

哦德汶河，经过绿色的平原

我"甜蜜的出生地"不远处，你，美好的河流，

昼夜不停地奏响乐曲，

你平稳的节奏缓解

人类的暴躁，使我的思想

比婴儿还要温和，赋予我这个

暂居人类中间的人一种知识，

一种模糊的肃穆，一种宁静，

那是自然吹向山峦和树林的风？

（第一卷 271 – 285）

德汶河唤醒了诗人的童年记忆，引出作为《序曲》结构、为诗人提供灵感的"许多播种的瞬间"（seed – time）：如流过诗人梦中的德汶河，这些记忆蜿蜿蜒蜒、时急时缓，每个瞬间都带来一种"模糊""肃穆"的感觉。

布鲁姆认为河流是灵感的最佳类比，而且，对华兹华斯而言，"心灵的河流"并非几个具体的瞬间或片段，而是心灵对自然现象的一种整体、模糊的印象。诗人内心的情感与河流的声音形成某种共振，营造出最佳的创作状态。（WWTP 7）诗人谢默斯·希尼也非常敏锐地发现河流意象与诗歌创作的相似性，他说：

自然象征心灵的观察和体验，然而只有当诗人的声音与之

合拍，我们才能确信自己从中获取的信息。因此我们看到诗人用德汶河作为他诗性节奏的美好概念。诗人暗示我们，他只有在河流的舔舐下，才能写出诗作；我们发现诗歌创作的能力，从一开始，就存在于倾听自然之中。（Heaney 69）

在第一卷，华兹华斯回忆小时候曾偷走别人藏在树上的小鸟。之后发生的事神秘、无以言表：

> 我在空旷的山崖间
> 听到身后沉重的呼吸，
> 某种神秘的生命，步履
> 轻盈，无声踏过松软的草地。
>
> （第一卷 329 – 332）

迎春花盛开、山谷树林回暖的时候，他也曾攀上山岩，把手伸进乌鸦结在上面的鸟巢，试图掏鸟蛋。这时类似的体验发生了：

> 当我独自吊挂在陡峭的山脊，
> 干热的风在耳边呼啸而过，若有所语！
> 天空显得神秘莫测——
> 云朵的变化多么奇异！
>
> （第一卷 347 – 350）

另一次，他在夜晚偷走停泊在岸边的小船。当他划着小船行驶在水中时，感觉思绪被黑暗浸没，自然界熟悉的物体——树木、海、天空、田野——都消失不见，被一种"孤寂"或"茫茫荒野"取而代之，（第一卷 421 – 422）他说：

> 巨大雄伟的形体，有生命，
>
> 但并非人类，白天在我心中缓慢游荡，
>
> 夜晚来临时是我的梦魇。
>
> （第一卷 425 – 427）

"瞬间"留在童年诗人心灵中的印象，当时无法用语言形容，随着时间的流逝更被逐渐淡忘，只留下些像梦魇般的感受。这些时刻对诗人的影响不容小觑：

> 但并非无益，即使只留下些
>
> 看似无关的回忆和印象，
>
> 即使当时并不活跃，注定长期蛰伏，
>
> 只待时机成熟便被唤醒，
>
> 浸润并振作心灵。
>
> （第一卷 620 – 624）

那些"模糊的感受"，"美妙""庄严"（第一卷 634 – 636）的时刻，其色彩与形象，多年之后仍靠着"隐形的链环"（639）与诗人的情感相联系，是他"惯常的依赖"（637），其"轮廓""色调"（639）成为诗人性格的一部分。

在下面这段写于 1804 年元月的诗节中，华兹华斯坦诚地告诉柯尔律治，他将暂停《隐士》的写作，投入更多精力延伸《序曲》。当时，这部自传体诗的创作正处于第二个阶段，暂定的计划是五卷。华兹华斯解释说，哲学性太强的《隐士》令他望而生畏，因而要通过创作这部自传体诗歌，通过回忆来振作自己的心灵：

> 选择就在眼前确信无疑；
>
> 这简单、范围不大的内容，
>
> 而并非其他丰富多样的论述，
>
> 将是我诗歌的主题。
>
> （第一卷 668－671）

第一卷里的几个"瞬间"，描写童年时代的诗人，对自然背后神秘、肃穆的"存在"的隐约感知，他从未尝试去弄懂或描述，只是被动地感受、体验，任由其淡入记忆并参与自身的性格塑造，却浑然不知这些经历，将在未来的某一刻支撑起自己脆弱的精神和情感。童年诗人在自然当中清静无为的状态，大概就是华兹华斯在《责怪与反驳》中提到的"一种聪悟的被动"（wise passiveness），叶维廉对《丁登寺旁》前 20 行景物描写的评价或可用在此处。叶维廉是这样说的：

> 近乎自然山水不经解说的呈现，其间甚至用了一种毫无条件的爱和信念、不假思索的语态去肯定景物的存在，景物的出现也有某程度的自然直抒。…… 近乎到家之所谓"虚以待

物"，华氏之所谓 wise passiveness（保持一种聪悟的被动）。
（叶维廉85）

    童年时候，诗人的感觉完全被自然主导，想象力从中汲取营养、蓄势待发，但仍然处于准备状态，布鲁姆称为"原初的想象"（primary imagination），哈特曼称之为"想象力的萌芽"（imagination in embryo）。（WWTP 5）无论其名称如何，这个表示"最早的想象力"的概念，对诠释华兹华斯的"存在－意识"观尤为重要。哈特曼认为，华兹华斯在这里强调的是："自然必须占据主动。心灵即使在最活跃的时候，也只能作为自然现象的一种深沉表现。"（WWTP 5）因此，华兹华斯在《序曲》中描写的是一个辩证的情况，他要寻找一个恰当的首要术语（the first term）。这个首要术语不是诗歌，因为在《序曲》开篇，自然比诗歌更强势；也不是自然，因为自然最终将被想象力驯服，尽管不是在短期内发生。这个首要术语，极有可能是"原初的想象"或"想象力的萌芽"，因为"成就华兹华斯的诗歌艺术的秘密武器就是等待它（原初的想象），相信它最终会消解并且淡入一种更高级的模式"（WWTP 5）。

    童年时代对自然的感知和认识，类似于庄子学说中"原始的无知"，即"如小儿出生，有经验而无知识"，有知觉而"不杂以名言分别"，也就是说，只觉是"如此"（how），而不知是"什么"（what），不强行用语言描述之。（冯友兰《中国哲学史》上，140－141）及至成年，随着书本知识日益丰富，诗人到达庄学里"知"的阶段，开始受到"名言"的蛊惑，尝试描述、命名这一体验。"原初的想象"也好，"想象力的萌芽"也罢，都是指青少年时期对自然的懵懵懂懂的体验。高尔基曾用"洞穴里的两只熊"来描述托尔斯泰作品中人与上帝的关系，布鲁姆认为也可以用来指华兹华斯的想象力和自然，因为自然与想象力始终势均力敌、难分胜负，但在诗人成年后的心灵当中，自然有所让步，为想象力留出发挥作用的空间。

从《序曲》第二卷开始，诗人越来越多地描写心灵与自然中神秘"存在"的分离。此时，想象力的作用越来却明显，诗人感觉到藏在记忆中沉静、无形的"存在"与想象之间的互动，发现自己"深刻而热烈的生命"是"宇宙活力的一部分"，不仅从自然中获取，还"给予丰盛的回报"（265－268）：

> ——他的心灵，
>
> 可说是自然巨大心灵的使者，
>
> 他创造，既创造也接受，
>
> 与观察到的一切运动
>
> 共同运转。
>
> （第二卷 271－275）

17 岁时的诗人，常在山崖下面听到一种声音，感到被一种神秘的气息所包围："那是/来自远古大地那鬼魅一般的语言，/隐约栖息在遥远的风里。/从那儿吸吮到想象的力量。"（327－330）成年之后，想象力继续增强，自然更加退居幕后：

> 灵魂忘掉感觉的对象，

却记住感觉方式本身，因而

对一个可能的极境保留着模糊的

意识，她以不断增长的才智

追求着境界，才智永在增长，

无论已达到何种目标，仍觉

有所追求。

（第二卷 334 – 341）

　　此时，诗人感受到想象力的作用，而不知其是何称谓，可以说是"有经验而无知识"，且无意"杂以名言分别"。在想象力的作用下，诗人任由心灵融入自然，当"肉体的耳朵忘却聆听"（432）而且"不受干扰地睡去时"（434），他感到生发万物的那一神秘"存在"，并称之为"同一个生命"（the one life）：

她覆盖

一切运动之物，一切静止之物，

覆盖一切思想不可触及之处。

在人类不可知之处，肉眼

不可见之处，却与内心同步，

覆盖一切跳跃、奔跑、喊叫和歌唱之物，

击打欢快的空气，覆盖波浪下

闪耀着的生命，是的，在波浪里

和浩瀚的水底。从不怀疑

自己是否在狂想，因为在万物中

127

我看到同一个生命，感觉那就是快乐；

（第二卷 420－430）

第三、四卷写诗人离开家乡来到剑桥求学的经历：即使在这个追求理性、崇尚书本知识的圣殿，诗人与自然之间的情感联系依然在发挥作用，他总能在不同色彩和各式表象之下，在"或远或近、或微小或宏大的自然之物"（159）中间，从小到一个石块、一棵树、一片枯叶，大到闪闪繁星、海洋和天空的万物里，感受到"同一个生命"的存在，并在心灵深处与之对话：

不论到何处都绝不休眠，

它永远用逻辑的语言与我的灵魂对话，

它有一种媒介，永恒地

维系甚至捆绑我的情感。

（第三卷 164－167）

诗人虽身在剑桥，心却仍在想念家乡的自然，感觉剑桥的一切都只是梦中景象，无法引起情感的共鸣："唉！但是这热闹和喧嚣无法打动我。"（第三卷 349）诗人憧憬这样一个学术圣地，那里的人文"风景"令他见之倾心，发自内心地敬拜，并甘愿：

顷刻间将科学、艺术和书本知识

当作自己的领主，为之效忠

坦白地敬献，如我当初

对待自然那样。

（第三卷384 – 387）

在《序曲》第四卷，诗人在暑假回到温德米尔湖区。埃斯韦特湖岸边，童年时代关于"存在"的回忆被唤醒，想象力与自然、意识与"存在"之间达到一种平衡，带给诗人久违的愉悦与平静：

> 我感受到希望和平静
> 精神振作，专注且欣喜，
> 与内心的憧憬交谈，隐约看见
> 永不衰老的心灵溢满生机——
> 自然不朽的灵魂用神性之力
> 教导、创造并融解时间蒙在上面的
> 深沉的睡眠——在这个世界，
> 日夜沐浴着来自神域的
> 光芒，人的身体又如何能够
> 不散发出强烈的活力。

（第四卷152 – 159）

诗人的记忆，从故乡的人蔓延至故乡的自然，树木、小溪、大山以及天空都被一种深沉、强烈、略有些忧郁的情感所覆盖。他分不清回忆与现实、童年与当下，把当下的自己比作乘坐小船的人，把回忆比作水中的倒影，这种恍然不知身在何处的感觉就像：

　　　　时常迷惑，分不清

　　　　倒影与实物——岩石天空，

　　　　山峦云朵，分不清

　　　　哪是河水，哪是

　　　　岸上的实景——忽而闪过自己

　　　　的影子，忽而一道刺眼的阳光，

　　　　还有不知因何而起的幻觉，

　　　　都来添乱，如此旅程不亦乐乎

　　　（第四卷 254－261）

　　徜徉在故乡的风景之中，诗人仿佛找回童年时那种既恐惧又喜悦的情感，然而这感觉异常短暂，诗人继而哀伤地意识到：与童年无忧无虑的自己相比，内心深处的某种情感正不可避免地减弱，究其原因，是书本上"各种／令人飘飘然的思想，挤挤嚷嚷"（273－274），大学校园里的各种活动，"诱惑我远离那为内心注入喜悦／惯常的追求，远离那兴奋和热情，／那些渴望曾是我的日常。"（279－281）

　　为此倍感失落与沮丧的青年华兹华斯，在第四卷末偶遇一位退役士兵，之后重新振作精神。在这个踽踽独行的旅人身上，他发现人性与自然的共通之处，或者说，他在这个身处社会边缘的人身上，发现了自然深沉的存在。见到老兵之前，华兹华斯用"孤独"（solitude）形容湖区的夜景："头顶，眼前，身后，／在我四周，一切都陷入平静与孤独，／我无须四顾，孤独也不在／我视野：却是我所闻所感。"（第四卷 389－392）老兵看起来疲恖、赢弱、孤独无依，却仿佛和谐地融入周围的夜色，与之浑然一体：他"裹在衣服里看起来/如此荒凉，如此简朴，/那种感觉接近于孤独"。（417－419）这位老兵的言谈举止，符合华兹华斯诗歌中一贯的流浪者形象：他神态安详，言语简洁，对苦难轻描淡写，仿佛丝毫不为所动。在这样一个几乎被生活摧毁的人身上，华兹华斯看到一种从容、优雅，为其"崇高和神圣"（479）所感动，这感觉近似于之前包裹、围绕并与诗人交谈的"神性的""希望与平静"（157，154）。

第三节　青年时代"心灵的深渊"

一、"仅逊于大自然的"学校教育

第五卷继续第四卷里学校教育与自然教养的话题。华兹华斯先以"阿拉伯之梦"（The Arab Dream）的故事讲述学校教育与书本知识的价值，继而话锋一转，借"温德米尔少年"（The Boy of Winander）和"埃斯韦特的溺水者"（The Drowned Man of Esthwaite）两个片段，赞美比书籍更有益于心灵的自然。

"阿拉伯之梦"是《序曲》中的一个著名片段，1805年版中做梦人是叙述者的一位朋友，1850年版本做梦人是叙述者自己，本书以1805年版为参照。片段讲述一个夏天，叙述者的朋友在海边阅读塞万提斯的《堂吉诃德》，他偶尔掩卷，思索诗歌与几何学对人类的功用。闷热的空气使他陷入沉睡并进入梦境：在一望无际的沙

漠里，走来一位身穿贝都因长袍的阿拉伯人，带着一把长矛，腋下
与手中各有一块石头和一枚贝壳。阿拉伯人指着石块说是欧几里得
的《几何原理》，又指着贝壳说"此书"更有价值，并让朋友仔细
聆听贝壳中的声音。朋友听到从贝壳里传来的一首颂歌，预言地球
在不久之后将被洪水淹没。随后，阿拉伯人仓皇而去，声称要在末
日到来之前埋好两件宝物。朋友在梦中经历的一切既真实又模糊，
他看到的明明是阿拉伯人、石块和贝壳，却又好像是堂吉诃德和两
本书，或者既是阿拉伯人、石块和贝壳又是堂吉诃德和两本书：

> 尽管看得一清二楚，眼前是
> 一块石头，和一枚贝壳，
> 又确信那是两本书，
> 并对发生的一切深信不疑。
> （《序曲》第五卷 111 – 114）

> ……

> 幻想他是那位骑士，
> 塞万提斯故事里的那个，又似乎
> 是沙漠里的一个阿拉伯人——
> 似乎都不是，又好像两者皆是。
> （《序曲》第五卷 123 – 126）

　　继"阿拉伯之梦"片段之后，华兹华斯表达了对"阿拉伯人"

埋书举动的赞许，声明自己也将维护伟大作家的权利、见证他们的荣誉。就塑造人的心灵而言，书籍之功至高至伟，但在华兹华斯看来，依然是"仅逊于大自然的力量"，因为自然是"神的气息"。（第五卷219，222）

华兹华斯还在《序曲》第五卷中的另一个片段——"温德米尔少年"（Boy of Winander）中推崇自然的教化。晚上波光粼粼的温德米尔湖畔，经常见到少年的身影：他有时用双手和嘴发出声音以引起猫头鹰的回应，有时吊挂在山崖上，于万籁俱寂之中听取山中激流的声音；自然中庄严的意象——岩石、树林、若隐若现的天空投在平静湖面上的倒影——都会无声无息地进入他的心灵。在这段描写中，"无声"（silence）是非常重要的一个词，华兹华斯写道：

有时万籁俱寂，

无声的山谷，似在取笑他的游戏，

当他吊挂在山崖，于无声中

聆听，山间湍流的水声

传入内心深处，引发

微微的惶恐；面前的场景

不知不觉映入他心灵，

正如这庄严的形象，其山岩，

树林，变幻不定的天空，

映在平静的湖心。

（第五卷404－413）

然而，突然的"无声"打断少年的游戏，周围的意象仿佛不祥而神秘：湍流而下的溪水引起微微的惶恐，水声和景色都突然静止，一切变得庄严，仿佛永久静止并留存在少年的心灵深处。保罗·德曼在《浪漫主义的修辞》一书中认为，此处的"无声"，"预言了少年的死亡"。（73）温德米尔少年的死，并非世俗意义上生命的消逝。正如德曼所言，当我们试图用修辞和语言再现世界时，"被剥夺的不是生命，而是世界的形状和感觉，这些都只能以被剥夺的形式展现。死亡只是语言困境的一个别称"（81）。也就是说，语言再现出的世界缺少具体的感觉，因此像死亡一样沉寂、麻木；导致这种语言表达不足性的原因，华兹华斯认为是学校教育。

温德米尔少年的故事，最早发表在《抒情歌谣集》，当时的标题是《曾经有个男孩》，这点在论文第一章里作过介绍。德曼认定，温德米尔少年就是少年华兹华斯的替身。这说法听来不无道理。因为，在这段描写之后，华兹华斯用对已逝少年的缅怀，间接表达对自己少年时代的怀念：少年的墓地位于诗人就读的乡村学堂附近，当诗人在少年墓前静默并久久凝视，他可能是在怀念被学校教育扼杀的想象，以及随年龄增长而消逝的与自然之间的亲近：

> 这男孩死去时不足十岁，
> 就这样离开他的玩伴。
> 在他出生的那个山谷，
> 树林依然美好，风景依然秀丽。
> 从乡村小学附近的山坡上去，

是教堂的墓地。傍晚时分，

当我沿河岸散步至此，

总会驻足沉默，

良久注视他的长眠之所。

（第五卷 414 – 422）

　　因为童年时代的华兹华斯，像温德米尔少年一样在自然中接受教育。他认为这是一种幸运，更是作为诗人的必需，与之相对，学校教育则会扼杀"真正的""自然的"诗人。他说：

自然的教养

使我远离这僵化的教育，这里的孩子

正受其毒害，这邪恶的思想，

足以使人身如枯槁心灵干涸。

仅以此诗向自然致谢，

感谢那教导过我的一切，

哦！那自然中的人，真正的诗人，现在何处？

（第五卷 226 – 232）

　　"温德米尔少年"片段之后是另一段有关死亡的记忆——"埃斯韦特的溺水者"：大约在诗人八九岁时的一个夜晚，他在埃斯韦特湖畔独自玩耍，发现岸边有一堆衣物，衣物的主人却不知所踪。湖水平静如常，只有鱼儿不时跃出水面，打破"令人窒息的寂静"。第二天再次经过此处时，诗人目睹打捞出来的溺水者的尸体，其状僵直，其色苍白，像是来自阴间的鬼魂，但并未感到害怕。因为：

> 我的心灵之眼
> 见过这场景，那是在仙境波光粼粼
> 的溪流中，传奇故事的阴森树林里。
> 从那儿走出的精灵，用魔幻和优雅
> 装饰灾难不堪的场景，
> 为其蒙上一种尊严醇和，就像
> 古希腊的杰出艺术和纯净诗篇。
>
> （第五卷 475－481）

　　华兹华斯认为，自己当时虽只是个孩子，却能面对这样的场景而不惊恐，原因在于童年时所阅读的神话传说和浪漫故事。此类书籍以其特有的浪漫和幻想色彩滋养孩子的心灵，培育童年诗人的想象力，就像一个个守护内心的精灵，装饰并美化恐怖、悲惨的情景，使之在诗人眼中拥有"一种尊严醇和，就像/古希腊的杰出艺术和纯净诗篇"。（480－481）

　　在完成于1799年的两卷本《序曲》中，"埃斯韦特的溺水者"片段之后，是著名的"连续的瞬间"（Spots of Time Sequence）部分，包括一段对童年"瞬间"的赞美，以及"绞刑架"（the Gibbet）和"等候马车"（Waiting for Horses）两段童年经历。海伦·达比希尔（Helen Darbishire）认为两卷本《序曲》"包含（华兹华斯的）童年经历，组成一个极其重要且独立的整体"（Wordsworth 1959，xlxii）。麦季理斐（J. R. Macgillivray）也认为比起十三卷本和十四卷本，两卷本《序曲》的主题更统一，形式更完整：

> （两卷本《序曲》）只有一个主题：想象力的觉醒。两部
> 分各有其时间段：第一部分包括 10 岁之前的童年时期，第二
> 部分一直写到 17 岁左右学校生活的结束。整首诗，及其各个
> 部分，都展示了非同寻常的艺术表现力。我认为，华兹华斯至
> 少在形式结构的组织方面，取得了相当程度上的成功。
> （W. J. Harvey and Richard Gravil 106）

1805 年版中，"埃斯韦特的溺水者"被移到第五卷，"连续的瞬间"被移到了第十一卷。第十一卷的标题为"想象力：如何受损和恢复"（Imagination，How Impaired and Restored），主要讲述童年经历对成年诗人遭受创伤的心灵的修复作用。从第四卷到第十一卷，《序曲》讲述了诗人的以下经历：法国大革命的失败，诗人与身在法国的妻女分离，以及接踵而至的精神和创作危机。这段时间里，诗人经历了各种"名""言"的蛊惑，想象力被政治浪潮以及冷酷的理性所压制，意识与"存在"之间的联系被切断，处于一个精神和情感的迷乱期，彻底告别了童年那种"原始的无知"。然而，自然的影响并未就此终止，诗人将在讲述另外几个"瞬间"之后，重新加固与自然的情感联系，并最终达到更高一级的"无知"的阶段。因此，两卷本中的"瞬间"只发生在诗人 17 岁之前，1805 年版中，"瞬间"还包括诗人青年时代的几次经历。1799 年的时候，华兹华斯如此讲述"瞬间"对想象力成长的意义：

在我们的一生中，有这样一些瞬间，

它们异常清晰，留存

丰硕的营养，当琐屑之事，

或日常应酬

令我们消沉，心灵——

尤其是想象力——

将从中获取无形的力量并复元；

这样的时刻，似乎只存在于

童年时代的早期。

（1799 年《序曲》第一部分 288－296）

到了 1804 年，他加上这样几句：

这神奇灵验的精神隐藏在

人生的那些时刻，

那时心灵是至高的主人，

我们明显感到，身体的知觉

只是听从她意志的顺从的仆人。

对这样的时刻，应心存感激，

它们分散在人生各处，初次发生是在

幼儿时期——或许在整个童年时期

都很显著。我的人生，

记忆所及之处，充满

这有益精神的影响。

（1805《序曲》第十一卷 268 - 278）

这些"瞬间"正是想象力最强大的时刻：自然中的景色、人物都因此被蒙上一层神秘，隐去在自然中真实的形状、色彩和声音，此时的诗人，所有属于感官的知觉都让位于想象力，成为想象力的奴隶。此时的自然看似退隐、消失，实则在幕后默默与想象力沟通交流，诗人才能因此感受到一种神秘、强大的"存在"。也正因如此，诗人在青年时代远离家乡的情况下，依然能够感受到与自然的联系，接收到自然的启示，并由此与其他人物产生共鸣。

二、"对自然的爱通向对人类的爱"

在第六卷的"辛普伦山口"片段，华兹华斯回忆自己在 1790 年 7 月 13 日在阿尔卑斯山旅行的经历，时间与法国人民攻破巴士底狱即法国大革命一周年纪念仅差一天。那时华兹华斯第一次到法国，他将在第二天目睹法国大革命一周年的庆典，亲身感受法国人民迎接新时代的热情。登山之前，华兹华斯被一种沮丧情绪所控制，出于某种说不清道不明的原因，他强烈渴望登上阿尔卑斯山山顶。

7 月 13 日是华兹华斯《丁登寺旁》中一个至关重要的日子：从 1793 到 1798 年的 5 年间，诗人先后经历了革命热情的幻灭和精神、创作的双重危机，是自然与亲人的陪伴为他带来慰藉和心灵的成长。诗人在 1798 年的这一天重游儿时圣地丁登寺，记录并感慨这 5 年里的经历。论文第一章里论述《丁登寺旁》一诗时，论证华兹华斯通过诗中对破败天主教圣地丁登寺的描写，用新教与天主教的关系比喻想象力与自然的关系。新教与天主教、心灵与自然、革命理想与社会现实之间，后者是前者的基础与依托，前者若摆脱或否定后者的影响，必将造成毁灭性后果。

在《序曲》中，诗人试图以他在辛普伦山口的经历说明同样的问题。华兹华斯在第六卷"辛普伦山口"片段之前描写了当时欧洲的革命盛况：整个欧洲被革命热情所感染，到处是兴高采烈的人们在欢呼，似乎法兰西正步入一段金色的历史，"人性又一次在世界上诞生"（第六卷 354）。现实是，法兰西正处于权谋、政治野心和暴力的统治之下，大革命的失败是历史的必然，是心灵脱离自然、革命热情和理想脱离社会实际的结果。布鲁姆认为，华兹华斯之所以想要攀登阿尔卑斯山，其原因可能是"想要借助于克服最伟大的自然障碍，将自己日益成熟的想象力从自然中解放出来"。（WWTP 11－12）然而，这样做也同样危险。华兹华斯与友人罗伯特到达阿尔卑斯山之前，在法国的查尔特勒修道院小住。十三卷本只用了一句话描写那段经历——"我们在那儿／令人生畏的寂静中休憩"（and there ／ We rested in an awful solitude——）（423－424）。1850年版借用华兹华斯早年诗作（《叙述性素描》1792）中对修道院的描写，借自然之口批判新教对这座天主教圣殿的破坏。诗人听到从阿尔卑斯传来自然的斥责，同时，在圣布鲁诺天主教堂周围，黑暗茂密的松林摇头叹息：

> 人类知识之伟大的精神
>
> 之所以不断进步，倚赖
>
> 过去与未来这双翼的融洽配合。

因此，请你们放过这些神秘的殿堂。

（1850 版第六卷 430 – 451）

这个片段描写了两种革命——政治上的法国大革命和宗教上的新教改革，从表面上看都与《序曲》的主题——想象力和自然毫无关联，实际上却并非如此。离开查尔特勒大教堂之后，华兹华斯和罗伯特与向导和其他旅行者走散，沿着错误的路线走了一段时间之后，从当地农民的口中得知已经翻过阿尔卑斯山。诗中有一段关于想象力的描写：

想象——升腾而起
在当时的我面前，在我写诗的此时，
犹如无源之汽，其力量，
毫无保留地释放，包裹
着我！我仿佛置身云雾，
无法前行，也未有挣脱的意愿；
如今，一切如常，我对心灵说：
"我见证过你的荣耀。"在心灵的强力
胜过自然之时，想到这可怕的
可能性，当知觉的光
微弱而闪烁不定，我们看到
那寻常不可见的世界，伟大的精神在那儿栖息，
在那儿隐藏，不论我们年幼还是白发苍苍。

（第六卷 525 – 537）

141

在这里出现了此卷中的第三种"革命"：即想象力对自然的僭越。阿尔卑斯山的自然之美，其灵性与神性都被诗人不羁而傲慢的想象所遮盖，因此诗人虽翻越了阿尔卑斯山，却对其神圣的"教义"毫不察觉。在这段看似突兀的感想中，华兹华斯论证想象力脱离自然、发展到极端之后，必然导致迷失，就像"无源之汽"（unfathered vapour），十分危险。在1850年《序曲》中，华兹华斯用"心灵的深渊"（the mind's abyss）（1850《序曲》第六卷594）喻指想象力异常活跃的状态。

经历这次迷失之后，华兹华斯心灵深处的自然之荣耀由遮蔽走向显现。下山途中，他目睹自然界变幻莫测的奇景，如不可丈量的山峰，静止冲落的瀑布，轰鸣的激流，阴冷的旋风，低语的岩石，湍急的山溪，等等，再次意识到那神秘而无所不在的"存在"，意识到想象力与自然万物皆生发于此，是其表象：

> 是那同一心灵的手笔，同一面孔
> 的神态，同一树上的花朵，
> 伟大神启变幻莫测的景象，
> 永恒那繁多的姿态与样式，
> 属于最初、最后、中间，永无休止。
>
> （第六卷 568 – 572）

通过辛普伦山口的经历，华兹华斯充分意识到想象力巨大的破坏性：想象力并非"自然之物卑微的受惠者"（a mean pensioner on outward forms），而是一种无处不在不容忽视的力量，人类需对此保有一种宗教式的虔诚和敬畏。

在第六卷的最后，华兹华斯在归国途中遇到士气高昂的比利时军队，他不再轻易被革命热情所感染，而是以一个旁观者的视角，冷静地聆听这响彻欧洲的自由与革命之声，感觉这不过是"一只乌鸫鸟在春日树林中啼鸣"：（第六卷 687）

我冷静地观看这些
仿佛与己无关（听见，看见，有所感觉，
有所触动，却并不真的关切）。
（第六卷 694 – 696）

因为，在这须臾变灭的人间万象当中，诗人感到

永恒不变的宇宙
和纯真年华那独立之精神
彼时与我同在，愉快
洒满我步履所及之处
恒常如田野里不绝生长的青草。
（第六卷 701 – 705）

《序曲》第七卷，有一段诗人在伦敦闹市邂逅老乞丐的"瞬间"。伦敦熙熙攘攘的都市景象并未开启诗人的想象，当他在街上走过，被素不相识的人们包围，内心无比孤独、冷漠。他说："从我身边经过的每一个人/都复杂难懂！"（第七卷 596 – 597）了解每

一个陌生人并与之产生共鸣，是诗人的愿望，人类的复杂也每每使他感到挫败："左右人的行为、思想及言谈的一切规则——/ 尽皆失效，他们不懂我，亦不被我了解"（第七卷 605－606）。诗人在都市中的生活犹如梦境一般虚幻，直至有一天偶遇一位老乞丐：他靠墙挺直着站立，胸前的牌子上写明身世经历。老乞丐表现出与苦难身世不相称的平静，此情此景令诗人敏感的神经遭到触动。如当初邂逅退伍老兵时一般，诗人发现，童年时期从自然中见到的荣耀，那种神秘与崇高，如今在一个普通人身上展现出来：

> 面对此情此景，我的心灵
> 如逆流之水返回往昔，似乎
> 这牌子上写明的，是一个符号
> 或标志，代表我们所能理解的终极真理，
> 关于宇宙以及我们自己；
> （第七卷 615－619）

这段"瞬间"对诗人至关重要，他由此习得一种平稳的心性，面对令人眼花缭乱大都市，能够"区分对待 / 每一件琐事，却不失对整体的把握"（第七卷 711－712）。他把这非同寻常的能力归功于童年时期与自然的对话：

> 山峦巨大的轮廓和不变的形体
> 表现出纯净的庄严，它的存在
> 改变灵魂的气度与抱负，

使之变得崇高。

（第七卷 722 – 726）

当初对自然的爱由此引发诗人对人类的爱：

　　　就这样，我的情感逐步

　　　缓慢地向着人类靠近，

　　　向着生活中的善与恶靠近。

　　　自然引导着我，如今我仿佛

　　　脱离她的影响独立前行，

　　　似乎忘记了她——但是不，

　　　我的同胞远远无法

　　　与她相比。尽管对人类的爱

　　　迅速增长，却依然很轻

　　　无法与那藏着万千景象的自然之爱相比。

（第八卷 860 – 869）

　　在这些经历和情感的引导下，诗人实现了从热爱自然到热爱人类的转变，这是《序曲》中的一个高潮。转变的发生，其直接原因是诗人的经历以及思考，更深层的原因，也即诗人情感和思想的源泉，存在于诗人的童年经历之中。之前在诗人成长中居于主导的自然，此时逐渐退居意识之后，而先前蛰伏在孩子内心的"人性"，跃然而出成为主导。

第四节 "同一个生命"的复苏

一、想象力与视觉的"专制"

《序曲》第九卷和第十卷,讲述华兹华斯在法国的生活,以及法国大革命失败后的精神和创作危机。大革命失败后,华兹华斯痛定思痛,认为革命热情脱离社会现实,是其主要根源。同样,在诗歌创作中,脱离自然情感的而表现为理性的想象力也必然遭受失败。他用人类意识的最高级的结晶之———抽象的哲学理论喻指革命者膨胀的自我意识和革命热情:

> 哲学
> 许诺给人们的希望,
> 脱离自然的情感,存在于
> 纯粹的推理之中,
> 却被狂热地接受。诱惑的领域,
> 任由革命热情煽动并操控,
> 冲动的情绪主导一切,
> 人们被自己的口号淹没。
> (第十卷 806–813)

华兹华斯自己也在所批判的这些青年之列。他反思自己的误区，认为其原因在于脱离自然、经验和现实的想象力：意识被细节阻碍，失去对整体的把握，膨胀的革命热情"挣脱经验和真理放肆奔驰"。（第十卷 848）华兹华斯用贪婪、专横的视觉，来比喻这种面对新事物不加思考的兴奋与热情。这是一种非理性的状态，诗人以无止境的视觉体验为乐：

> 贪婪地追逐，
> 在山与山之间、岩石与岩石之间，
> 渴望更多更新的观感，
> 为捕捉到的景物自豪，欣喜地
> 任由内心的官能就此休眠。
>
> （第十一卷 190－195）

　　用通俗的话解释，就是诗人在新世界、新事物面前感到眼花缭乱，面临可能将人类带入新时代的大革命时，被形形色色的政治哲学、承诺和运动弄得无所适从。革命失败以后，诗人的热情陡然熄灭，精神陷入危机，诗歌创作停滞不前。在无助与迷茫之中，他再次向童年回忆和自然寻求指引，并被两个意义深远的"瞬间"所疗愈。

　　其中一个"瞬间"——"绞刑架"，发生在诗人不满 6 岁之时。当年他在山间骑马时不幸与家仆走散，自己牵着马走过崎岖坚硬的荒野，亦步亦趋进入一个山谷，来到古代的行刑场，据说一个谋杀犯曾在这里被绞死。尽管绞刑架已经腐烂，罪犯的尸骨和囚笼也已不再，不知是谁在此刻下的犯人的名字，却依然清晰无比。迷途的孩子看到就这一幕，内心十分恐惧。他仓皇爬上山去，步入一片荒凉空地，只见眼前一个水潭，不远处一个头顶水罐的女孩在狂风中艰难前行。此情此景虽十分荒凉，诗人却从中感受到无法言说的神秘：

> 实际上，这是
>
> 最平淡无奇的景象；我却需要
>
> 人类语言之外的词语和色彩
>
> 来描绘那种视觉上的阴沉。
>
> （第十一卷 307 – 310）

　　哈罗德·布鲁姆认为此处荒凉的场景：小女孩的衣裙、高山上的灯塔、光秃的水池，等等，恰好能够融入恶劣的自然环境，因而成为一段难以忘却的回忆。童年时代的诗人，也许并未从这幅画面中获取什么快乐或安全感，但想象力在无意识中把这些因素合而为一，而留在诗人记忆中的画面，就是大自然中那种不息涌动的神秘精神在想象力面前的一次展示。（*WWTP* 20）诗人成年之后，与亲人回到故乡定居，每次从绞刑架旁经过，都能感受到自然的神性与伟大，并对之充满敬畏和感激：

> 时隔多日，又在山谷漫游
>
> 每次从故事发生之地经过，都见
>
> 光秃水潭与荒凉山岩之上，
>
> 忧郁的灯塔四周，散发着
>
> 愉快之精神与青春年华之金色光芒——

你是否感到强烈的神性之光

照耀这些往事，感觉那是回忆的

功劳？情感与日俱增，

自然强大而多样的力量

护佑我们，只因我们内心曾那样强大？

（第十一卷 318－327）

为诗人带来心灵复元的另一个"瞬间"——"等候马车"，发生在他 13 岁那年。那是圣诞前夕的某一天，诗人与哥哥理查德和弟弟约翰在田野等待回家的马车，他在百无聊赖时爬上最高的悬崖眺望，眼前又是一副荒凉景象：风雨中的郊外荒凉萧瑟，三个孤独无依的孩子，身后是一堵断墙。右手一只迷途的羊羔，左手一株山楂树在风中摇摆。远处雾气升起，诗人隐约看到山下的平原和树林。之后不到十天，孩子们的父亲就去世了。后来，华兹华斯回忆当日等待回家时的迫切心情和眼中所见的惨淡风景，似乎有所领悟：

这些景象与声响

我都时常忆起，那滋味

犹如在甘甜的小溪啜饮。我相信

即使岁月流逝，每当风暴

在午夜敲打屋顶，或当我

闲暇时漫步林间，它们

将悄悄带来灵魂的复苏。

（第十一卷 382－388）

在以上这段描写中，诗人的语气并不哀伤，是否不可思议？回想诗人在 8 岁那年，遭遇"埃斯韦特的溺水者"时，心灵也未受到丝毫损害。成年后的他，将这种抵御恐惧的能力归功于想象力，认为正是想象力为可怖的场景覆盖上"尊严"和"醇和"（《序曲》第五卷 480）。诗中的"薄雾"意象代表想象力，负责把孩子眼中荒凉的景色变成诗人从中啜饮的"甘甜的小溪"。那么，13 岁时那个风雨交加的日子，诗人所看到的一切以及后来失去父亲的悲痛，或许也是由于想象力而有所缓解。诗人不但能够平静地接受，心灵还从中接收到某种滋养和启示。布鲁姆认为，诗人从这回忆"甘甜的小溪"中啜饮到的东西，不是别的，正是"对不可改变的存在（existence）的感知，对统治自然与人类那种不生不灭的力量的感知"。这就是华兹华斯诗中那融合了自然与人类的"同一个生命"。（*WWTP* 21 –22）回忆在两个"瞬间"中对"同一个生命"的体验，让华兹华斯重拾信心，他用充满胜利和喜悦的语气说：

> 又一次，我在人的身上
>
> 感受到自然曾带来的愉悦，
>
> 纯净的想象，以及爱。
>
> （第十二卷 53 –55）

二、斯诺登峰上"幽暗深沉的大道"（"dark deep thorough-fare"）

《序曲》第十三卷的"攀登斯诺登峰"（*Ascent of Snowden*）片段，是最后一个"瞬间"，讲述诗人 1791 年在威尔士拜访好友罗伯特·琼斯期间，两人结伴攀登斯诺登峰时的所见所感。当晚，诗人见到这样一幅景象：

> 我抬头仰望，月亮完全裸露
>
> 在无垠的苍穹。海岸上
>
> 有一片巨大的雾的海洋，
>
> 温顺静默地舔舐脚底的地面。
>
> 这寂静朦胧的海面之上，
>
> 是微微隆起的百十座小山，远处，
>
> 更远处，水汽升起
>
> 像海岬、岬角、突出的山岩
>
> 在海面上弥漫——而真正的海，
>
> 似乎逐渐缩小，放弃威严，
>
> 在目力所及之处被雾气压制。
>
> （第十三卷 41-51）

华兹华斯诗歌中的"汽"（vapour）、"雾"或"水汽"（mist）等类似意象，都是想象力的象征。比如，在"辛普伦山口"片段中，诗人用"无源之汽"（unfathered vapour）喻指脱离现实的革命热情以及脱离自然情感的想象力。再比如，"等候马车"片段中，13岁的诗人在荒凉的景色中，看到远处升起的"雾"（mist），从中获取到神秘的力量，或多或少慰藉了失去父亲的痛苦，并在未来源源不断地为他提供心灵的滋养。而在这《序曲》最末一卷的"攀登斯诺登峰"片段中，诗人描写的是想象力表现最为突出的又一时刻。在那样一个瞬间，想象力与自然在博弈中保持平衡，因而得以见证蕴藏于自然之中的"存在"。诗人如此描写这一刻：

> 有一处峡谷，水汽中的一个缝隙，
>
> 一处阴森幽深的缺口，不计其数的
>
> 江河、急流和溪水在其中呼啸
>
> 这声响汇聚成一个声音！
>
> 那宏伟景象的形成
>
> 带来十足的震撼和愉悦，
>
> 本身已十分壮观，但在那缺口之中
>
> 无源之水涌出之处，
>
> 是幽暗深沉的大道，其中安放着
>
> 自然的灵魂，即想象力的全部。
>
> （第十三卷 54 –65）

此情此景无比壮观："水汽"汇入"真正的大海"（the real sea），在弥漫开来的"蒸汽"中，有一处"阴森幽深的缺口"，一股"无源之水"从中涌出，这就是"幽暗深沉的大道"，托举自然的神秘的"存在"，与之融为一体的想象力，都生生不息地存在于此。当雾气散去，诗人凝视归于平静的大山，感觉一切虽貌似平静，实则暗含巨大的能量，那正是诗人童年时就体验过的神秘的"存在"。此时，他又一次感觉到自然无法言说的神秘：

以无限为养料，

被一个万物背后的存在所托举，

拥有神一般的神圣，或自身一切

隐约、巨大的东西，总之，

自然在最崇高最可怕的场景中

表现出这伟大心灵

才有的一种功能，

她时常强加于万物表象

的一种控制，她为万物塑形，

赋予其特性，抽离、组合，

或通过突然而罕见的影响

使一物凌驾于万物，

分散于万物之中，

即使最粗俗的人也能看见听见

却只能感受。

（第十三卷 70－84）

布莱德利在《牛津大学诗歌讲座》中论及《序曲》中的"瞬间"，他说："这里一切都是自然现象，同时又充满神启的意味。我们碰巧知道何以如此。因为华兹华斯在记忆之光的照耀下叙述这些场景。"（134）对于布莱德利的这番话，林顿伯格深以为是。他说：

一位旨在追忆往昔的作者因此能够一举两得：以向读者介绍自己为借口，他一方面揭示了一个客观、有形的世界，同时

为这个世界覆盖上一层神秘的光环。他可尽情展现其实在具体
的一面，也可以指象征那万物之后抽象的精神。他既是一位现
实主义者，也可以是一位象征主义者。（*WWTP* 86）

多年之后，岁月已过滤掉当日的荒凉，诗人只记得"如何感
受"（how），而忘记具体是"什么感受"（what），只有一种隐约的
崇高、神秘之感保留下来。林顿伯格认为这是诗人的想象力对"不
生不灭的永恒"（indestructible）的体验与"暗示（intimation）"。
（*WWTP* 86）正如华兹华斯在《序曲》第十一卷中所写的那样：

> 追忆往昔
> 我似又回到生命的最初；
> 想象力的藏匿之所
> 似又重启，我走近，它们又关闭；
> 如今只能隐约看见，随岁月流逝，
> 或许将永不能再见；
> （第十一卷 333 – 338）

这段描写，难道不是对《序曲》、对"瞬间"的总结？华兹华
斯在这里强调：代表人类荣耀的想象力，萌芽于童年，在与自然的
互动中汲取能量、日益强大。诗人感觉到这神秘的"曙光"，随着
岁月流逝而趋于暗淡，如今只剩隐约的闪现。而诗人必须在这荣耀
彻底熄灭之前，尽文字所能记录其每一次闪耀的"瞬间"，以"珍
藏往日的心境，／为将来的复元"（第十一卷 341 – 342）。

第三章

《隐士》：无声的语言

第一节　《隐士》的创作

一、《废毁的农舍》

英国浪漫主义的奇迹年代开启于这样一个场景：1797 年 6 月初，柯尔律治"跳过一道门蹦蹦跳跳地踏上一片人迹罕至的田野"，走向华兹华斯位于多赛特郡的住处。（*LY*，III，1263）赫兹列特在第二年拜访过华兹华斯和柯尔律治之后，也强烈地感觉到一种新的诗歌形式和诗歌精神已经诞生。根据多萝茜的记录，柯尔律治到来之后，"我们读的第一首诗是威廉的一首新作《废毁的农舍》①，他非常喜欢"（*EY* 189）。几天后，柯尔律治在书信中请求"华兹华斯小姐"抄写一部分诗稿寄给他。（*STCL*，I，327）此后，与柯尔

---

① 以下简称《农舍》。

律治有关哲学的谈话使华兹华斯受到启发，他借鉴柯氏的诗歌作品，屡次修改诗稿，到 1798 年 3 月份的版本（MS. B）出来的时候，作品已经呈现出明显的柯尔律治特色。

此时，华兹华斯已经开始构思《隐士》的创作，在写给詹姆斯·托宾（James Tobin）的信中，他透露正计划创作一部哲学史诗："这部诗集已经完成了 1300 行，我将设法在其中传达自己所有的知识。目的是描绘出自然、人和社会。实际上，我想不出任何这部诗集所不能囊括的领域。"（*EL* 188）很难确定华兹华斯的伟大计划中，有多少灵感来自柯尔律治，但在同一时期所作的诗《小溪》（*The Brook*）中，柯尔律治表示希望描写"人、自然和社会"的文字和灵感能像斯托威（Stowe）的溪流一样源源不断。"同一个生命"（the One Life）则是柯尔律治在 1795 年《伊俄勒斯之琴》（*The Eolian Harp*）中首创的说法。从 1797 年开始创作《废毁的农舍》，到作品更名为《小贩》并作为《远游》第一卷在 1814 年正式发表，共历时 17 年。柯尔律治在 1814 年回忆说，"与其他长度相同或相近的作品相比，这是用英语写作的最优美的诗作"（*STCL*，IV，564）。此时，他却极有可能是指 10 年前读给博蒙特听的《小贩》，或者再早 7 年，当他蹦蹦跳跳来到华兹华斯位于湖区的新家时所听到的版本。这 17 年间，诗歌文本与两位诗人都经历不少"变故"。这是后话，暂且不提。

"隐士"一词，现在看来与诗歌"自然、人和社会"主题并非十分贴近，但在 18 世纪晚期却有非常积极的含义。在那时的人们看来，隐士是这样一种人：他们在生活和精神上远离社会与喧嚣，在独居中与自然产生联系，获取关于人性长远而哲学的思考。与华兹华斯有私交的女诗人夏洛特·史密斯（Charlotte Smith），有一部作品叫《艾思林达：湖畔隐士》（*Ethelinde* or *Recluse of the Lake*），其背景设在格拉斯米尔湖区一个虚构的废弃修道院里。这个软绵绵的哥特故事极有可能是华兹华斯史诗作品标题的出处。《艾思林达：湖畔隐士》在开篇讲述一位年轻人，借由婚姻获得包括一座修道院在内的一庄园，与家人来到修道院参观憧憬他们的新家。重返家园是华兹华斯家所有孩子们的共同梦想，《隐士》第一部分的第一章，即《位于格拉斯米尔的家》（*Home at Grasmere*），描写的正是返乡和新生活所带来的生气勃勃的感受。《隐士》另一个可能的灵感来源是戈德温（William Godwin）的小说《迦勒·威廉斯》（*Caleb Williams*），忧郁的小说主人公过着隐居的生活，与经过法国大革命洗礼的柯尔律治、华兹华斯，以及其他有同样经历的一代人在情感、个性方面多有重合。在《隐士》中，这些情感和个性集中体现在《远游》里的"独居者"身上。（*WTR* 13）

二、《位于格拉斯米尔的家》

尽管《废毁的农舍》的创作与宏大的《隐士》计划有着千丝万缕的联系，华兹华斯与柯尔律治更明确的关于《隐士》开端的说法，则始于1800年的《位于格拉斯米尔的家》①。《家》包括两部分，分别创作于1800年与1806年，在语气、内容方面差别较大，尤其是第二部分里的几个悲剧故事，显得格外突兀、不合情理，读者需要引导才能领会诗人的用意。

---

① 以下简称《家》。

1799 年 12 月，29 岁的威廉与 27 岁的多萝茜来到格拉斯米尔湖区定居，这是他们在阔别 12 年之后首次回到故乡。不久，约翰·华兹华斯也赶来团聚。从严格意义上说，湖区并非华兹华斯兄妹的故乡。因此，为了融入当地的环境、与当地人和睦共处，以之作为华兹华斯诗歌创作的根据地，一家人做了不少努力：比如选择一座已有的房子搬进去，以当地的德汶河为柯尔律治的第一个孩子命名等。此外，华兹华斯还创作了一系列《命名组诗》（*Poems on the Naming of Places*），以他们这群人的名字为湖区奇特的景观命名。

乔纳森·华兹华斯在《华兹华斯：想象的边界》（*William Wordsworth：The Borders of Vision*）一书中说，华兹华斯迁入格拉斯米尔后，"在这个天堂一样的家园为不同的地点命名，并借此行使所有者的权利，这与亚当在伊甸园为各种动物命名的效果相类似"（147）。唯一的不同在于，亚当的命名意味着统治权，而华兹华斯的命名则代表一种情感上的亲近与融入。他不再是一位观察者，而成为这里的居民，或者用爱德华·汤姆斯的话说，命名使他成为"自己并不拥有的东西的主人"（*A Language not to be Betrayed* 230）。此举与亚当在伊甸园的所作所为颇为相似，也似乎起到了预期的效果：大约在 1800 年夏末，华兹华斯就已经与格拉斯米尔建立了熟悉而又亲近的关系。

早在 1798 年，华兹华斯就对外宣布开始创作一部哲学史诗，在当时已完成的 1300 行所包含的三个故事中，有两个以《废毁的农舍》和《坎伯兰的老乞丐》的形式出版。不难发现，作于同一时期的《家》，无论在主题、语气还是内容上，都与《废毁的农舍》和《坎伯兰的老乞丐》截然不同。评论家认为，1800 年创作的《家》的第一部分，更像是 1799 年出版的两卷本《序曲》的延伸，而且从日期上看，两者之间仅以《命名组诗》相联系。究其原因，可能是华兹华斯在创作史诗的过程中遇到问题，借助《序曲》的写作回到童年，探索心灵的成长，找回灵感和信心。在《命名组诗》之后，《序曲》是华兹华斯与湖区建立亲密关系的又一次努力，《家》最初对于华兹华斯的意义也正在于此。

《家》中分别创作于 1800 年和 1806 年的两部分，前者集中描写诗人的经历及情感，后者转为描写人生疾苦。这中间的 6 年里，华兹华斯完成了十三卷本的《序曲》，记录下从自然中获取的教义，这教义不仅包括自然带来的快乐，更包含应对苦难的智慧。然而，1805 年《序曲》的完成，并未带来应有的喜悦，在华兹华斯写给博蒙特的信中，他说：

> 我高兴地宣布在 14 天之前完成了《序曲》，我一直期待这最为幸福的一天……但是对我来说并非如此。很多事情让我沮丧；回顾自己的工作，似乎是无法完成的重担，迄今为止距离期望还有很远；这是我所完成的第一项大的诗歌，然而对能否完成《隐士》的担忧，以及《序曲》的不尽如人意之处，让我异常沮丧……（*EY* 594）

华兹华斯总给人以多愁善感的印象，慷慨激昂的情绪虽亦有之，但多数情况下都只是昙花一现。但无论如何，他绝不会无故伤感，更不至于一蹶不振。那么，信中所言的异常沮丧的情绪，究竟所为何事？首先，最让诗人不堪承受的痛苦，是幼弟约翰遭遇海难一事。约翰虽年幼，却是华兹华斯的精神向导，被他称为"沉默的诗人"。约翰的意外事故，使《家》的后半部分笼罩在悲伤的情绪中。当他本人的人生沉重到无法讲述，华兹华斯转而讲述发生在湖区其他人身上的悲剧，试着从旁观者的角度，理性谈论同类事件，以寻找自身经历与自然变化之间的某种联系。

"沉默的诗人"的称号，虽被刻上在圣奥斯瓦德的约翰的墓碑，但华兹华斯作品中最令人感动的人物，坎伯兰的老乞丐、麦克、傻小子、收集蚂蟥的老人等，也都是沉默的诗人。他们代表一种洞察力与生存状态，因其未曾付诸语言而被忽视。沉默的诗人身上有着华兹华斯所看重的性格特点，他们像约翰一样，象征同情、包容与觉悟。在《当我摒弃繁华世界的诱惑》（*When to the Attractions of the Busy World*）（1800），华兹华斯如此描写约翰：

　　　　一位沉默的诗人！从茫茫大海
　　　　深处带来一颗敏感的心
　　　　双耳，总在寂静中警觉，
　　　　双眼灵敏像盲人的触觉。

这首诗是《命名组诗》第六首，诗中提到的"约翰的树林"是诗人心中的圣地，在约翰去世之后是联系诗人与格拉斯米尔的情感纽带。

三、《那一簇迎春花》

约翰离世还只是不幸的开始。从 1806 年冬到 1807 年春，华兹华斯一家住在好友博蒙特爵士家里；1807 年夏返回格拉斯米尔后，目睹、遭遇更多人事变迁。首先，土地所有者之间有关树林拥有权的争端导致大量树木被砍伐，昔日漫山遍野的冷杉与白蜡树、满山谷的桐叶槭都消失不见。更令人伤感的是辛普森牧师一家的悲剧：在短短两年内，祖孙三代所有的家庭成员先后感染离奇的疾病而离世。1808 年华兹华斯重新开始《隐士》的创作，其中一首《那一簇迎春花》①（*The Tuft of Primroses*）就讲述了这一系列事件带来的悲痛与启示，描写人世的悲剧与自然变化之间的某种联系。同年 7 月份的博尔顿教堂（Bolton Abbey）废墟一游，为《里尔斯顿的白色母鹿》（*The White Doe of Rylstone*）和《祈祷的力量》（*The Force of Prayer*，*or*，*The Founding of Bolton Priory*：*A Tradition*）提供了素材。

假如说《家》前半部分所描述的是一个伊甸园一样的格拉斯米尔，那么后半部分则是对失去的伊甸园的怀念，以及诗人在理想与不完美现状之间的妥协。在《家》中，诗人失去的是最亲爱的弟弟以及刚刚建立起的家园。《迎春花》所记录的是更多的变迁：辛普森一家的不幸遭遇，与柯尔律治之间逐渐冷淡的友谊，离开"鸽舍"搬进阿兰班克小屋，萨拉·哈钦森的疾病。这些变故让华兹华斯感到不安，《家》里"快乐的一群人"走散了，家也没有了，取而代之的是被华兹华斯与妹妹认为与湖区风景格格不入的豪宅。

在 1815 年 5 月写给华兹华斯的一封信中，柯尔律治谈到格拉斯米尔在华兹华斯诗歌生涯中的象征意义及其与《隐士》的关系。

---

① 以下简称《迎春花》。

他说,《隐士》的开端"必然是你在一个永久的家安定下来,然后从描写那个家开始创作一首哲学诗……"(*LSTC*,IV,574)。梅茨格认为1800年撰写《家》时候的华兹华斯在尝试一种神话诗歌的创作:

> 诗歌的神话背景局限在圣所格拉斯米尔之内,神话的主人公是圣所的守护者即一位现实中的诗人。里尔克在《杜伊诺哀歌》第九首中所言,"这里是可以道说的时间,这里是它的家园"——可谓抓住了华兹华斯这种神圣化的时间与地点的感觉,可言传,可道说。(Metzger 105)

格拉斯米尔不仅是华兹华斯田园诗里伊甸园的原型,更是他佩戴的人格面具,"诗人融入格拉斯米尔的自然之中,借以逃出语言结构与更大的社会结构的破坏力,像腹语术表演者一样透过格拉斯米尔平静不变的面具说话"(Metzger 129)。他号召山峦拥抱并围绕着他:

> 我以你为美,
> 因你温和轻柔、快乐而且美好,
> 亲爱的山谷,你面容的微笑
> 平静,却溢满幸福。
> (《家》114–117)

安定下来的华兹华斯以十分的热情欢迎弟弟约翰这个"沉默的

诗人"、哈钦森姐妹以及哲学家、诗人柯尔律治和他的妻子，他们仿佛生活在 19 世纪的伊甸园中："这是我们的财富；哦宁静的山谷，我们/必定是，上帝赐福的，那幸福的一群人。"（《家》662 – 63）想当初，华兹华斯与家人朋友一行来到格拉斯米尔时，相信自己找到了心灵与创作的圣地，他眼中的湖区堪比人类始祖堕落之前的伊甸园：

> 一种感觉
> 庄严、美好又平静，
> 大地与天空合为神圣的一体，
> 与众不同的山谷，
> 供人栖息的角落，
> 是我们流浪的终点，安定的家园，
> 来自四面八方，都在此汇聚，
> 自足自立，完备无缺，
> 如愿以偿，别无他求，
> 知足圆满，完整和谐。
> （《家》142 – 151）

《家》中庇护诗人心灵的山谷，在诗人遭此厄运之时，却毫无回应。在《迎春花》中，无论诗人怎样呼喊"某种在场的神灵之守护"（235），哪怕只能"保护/这里，仅仅是这簇花儿，免受掠夺与不幸"（252 – 253），那种"庄严、美好又平静"的感觉都一去不返：

> 死亡的寂静也侵占这里
>
> 甚至在这片山谷，那些充满回忆
>
> 令人浮想联翩的角落，那些
>
> 供心灵休憩的至爱之所
>
> 都消失在无情的厄运之中。
>
> (《迎春花》275－279)

华兹华斯在《迎春花》中引用古罗马时期该撒利亚教会主教圣巴西勒（Basil of Caesarea）典故。圣巴西勒主教在自家的私有土地建起俗世修道社区，他的母亲和其他家庭成员不久也加入进来，投身虔诚的敬奉及慈善工作。华兹华斯用圣巴西勒的这段经历类比自己带领家人在格拉斯米尔重建家园的过程。圣巴西勒邀请好友格里高利·那齐恩曾（Gregory of Nazianzus）前来与自己同译古代圣人的著作，在他的笔下，这里如伊甸园一般和谐，有"蕴含思想、虔诚与爱的小径"，还有"宁静的树丛，天道循环，荣枯有序"（《迎春花》362－363）。

那齐恩曾对圣巴西勒的邀请心存疑虑，他清楚阿卡狄亚、伊甸园都是不切实际的幻想，所以拒绝心中"对幸运岛屿的强烈热情／对黄金般的阿卡狄亚的热情"（《迎春花》427－428）。《家》中的诗人也有同样的感受，他"因此拒绝考虑，一切关于阿卡狄亚的梦想，／一切关于黄金时代的幻觉"（626－627）。尽管如此，那齐恩曾与诗人还是分别来到"幸运岛屿"和格拉斯米尔，似乎他们仍然相信一种生活方式能逆转人类的堕落，重建伊甸园。《家》中以格拉斯米尔为象征的伊甸园之梦最终破灭，沦为无情的厄运，诗人努力在仅存的一簇迎春花上寻找希望：

> 与此同时那岩石上的小小迎春花
> 依然摇曳，她神圣的美，未受
> 损伤不曾衰败，在阳光的
> 炙烤下，发表生命的宣言。
>
> （《迎春花》235－238）

曾为人们带来绿荫的茂密树林如今被夷为平地，只剩下一簇迎春花暴露在阳光的炙烤下。诗歌一开始，诗人试图用迎春花代替格拉斯米尔崩塌的象征含义，作为与"伊甸园"梦想之间的纽带以支撑《隐士》的创作：

> 再次欢迎你，美丽的植物，
> 美丽的迎春花，曾绽放明艳的花朵
> 我无比急切地再次欢迎你。
> 忠实的春风带着希望
> 返回，却只见到光秃的山岩
> 找不到此花，徒然叹息；
> 但是你在这儿，劫后重生
> 如女王般珠辉玉丽
> 在你永恒的王座微笑，
> 即使不为人知，也将一直如此。
> 你尽管脆弱，若缪斯

值得信任，你孤独光辉的形象

将毫无损失的

得以流传。

（《迎春花》1 – 14）

令人唏嘘的是，迎春花却无法像当初的格拉斯米尔那样围绕并拥抱他，诗人被逐出了"伊甸园"；尽管华兹华斯在这段描写之后又写了三百五十多行，此诗还是意外地戛然而止。如果在《家》和《序曲》中的天真、自信，都来源于这个由格拉斯米尔所象征伊甸园之梦，在创作《迎春花》时，梦已醒，徒留怀念和伤感，"供心灵休憩的至爱之所/都消失在无情的厄运之中"（《迎春花》278 – 279）。这是华兹华斯为《隐士》所做的最后一次尝试，与《家》同为第一人称叙述的"我"的经历，此后诗人将转向《远游》的多人称戏剧性呈现形式，而"我"将成为一个次要人物，其主要功能是记录其他人物的观点。《迎春花》在华兹华斯在世时未能发表，但在其他作品中用到了其中的一些片段，比如《远游》第三卷关于对平静、独处的渴望（367 – 405），第七卷关于辛普森的描写（242 – 291），以及 1850 年《序曲》第六卷有关查尔特勒（Chartreuse）修道院的描写（420 – 471）。

评论家认为，《迎春花》的内容和情感基调更接近《远游》第二卷，在不了解创作背景的情况下，如果说这是第二卷中"独居者"的讲述，恐怕不会有人表示异议。"独居者"与华兹华斯诗中湖区的自然环境极不和谐，他经历过失去亲人的伤痛，政治热情在法国大革命中遭遇幻灭，消极遁世而来到湖区，因此显得愤世嫉俗、对世事和人生充满冷嘲热讽。"独居者"的遭遇和诗人相似，对待遭遇的态度却迥然相异，这个人物是华兹华斯性格中不完美一面的化身，迫切需要完美一面的救赎。不用说，那完美的一面，正是"小贩漫游者"所代表的生活态度和人生哲学。柯尔律治在1799 年提出的《隐士》的计划，旨在纠正被法国大革命夺取信仰和希望的整整一代人："他们由于法国大革命的彻底失败而对人类的不断进步丧失信心，陷入伊壁鸠鲁式的自私，却戴上离群索居的面具，对梦想与哲学充满不屑。"（*LSTC*，I. 527）

四、《远游》

格拉斯米尔作为伊甸园的象征含义崩塌之后，华兹华斯需要更有影响力的媒介，引导他正确解读人生的不幸，并从中获得启示。苦苦的思索与追寻之后，华兹华斯最终找到的精神和哲学导师，不是别人，正是《废毁的农舍》里的那位小贩。他启发"诗人"正确看待玛格丽特的悲剧，使诗人由悲转喜，"（我）转身离开，／愉快地走在大路上"（MS. D，524 – 525）。因此，1809 年开始创作的《远游》，以《废毁的农舍》作为第一卷，一开始就奠定"小贩"在全诗中的地位。后来，诗人把"小贩"更名为"漫游者"（Wanderer），更强调职业所赋予他的特殊气质和能力，从小贩之口说出的真理将引导诗歌中的其他人物接受不幸，并从中获取自然透过这些不幸所传递的信息。《迎春花》比《农舍》更像《远游》的一部分，原因有二：首先，作为第一卷的《农舍》的创作时间太过久远；其次，第一卷的功能在于论证"漫游者"哲学导师的资格，叙述的故事性比其他部分稍弱。

在《〈远游〉序言》（*Preface To The Excursion*）中，华兹华斯谈到《隐士》计划的完成情况。他说，《隐士》这项大工程应包括一首"引导性的诗"（Preparatory Poem），也就是《序曲》及另外三部分有关"一位退隐诗人的感受和观点"。第一部分与第三部分"主要是作者本人的一些沉思"。实际上，华兹华斯只完成了第一部分的第一卷《格拉斯米尔的家》（1888 年出版），第二部分要"采用戏剧形式"并"插入一些人物的对话"，这就是《远游》（*WLC* 171）。华兹华斯为提前出版第二部分请求读者理解。他说，假如作者认为第一部分完成得不错，他当然更希望以自然顺序出版作品。但第二部分包含更多与现实联系密切的情节，与第一部分在内容上并无太大联系，作者在几位对诗歌颇有见地的朋友建议下，决定先出版《远游》。

除了《废毁的农舍》中原有的"小贩"和"诗人"两个人物，《远游》还加入"独居者"（the Solitary）和"牧师"。全诗共九卷，讲述诗人与老朋友"漫游者"在坎伯兰山区远游时的经历，时间跨度是两个夏日。在第二卷里，诗人结识漫游者的一位朋友——隐士；第三卷讲述隐士先后失去亲人和被法国大革命浇灭爱国热情的沮丧；经历了这些不幸的隐士愤世嫉俗，来到湖区过上隐居的生活。华兹华斯的经历与隐士多有重合，法国大革命给华兹华斯带来的挫折与幻灭、失去亲人（弟弟约翰在海难中丧生）的悲痛，在诗中均有体现。

与《序曲》中诗人叙述者"我"包揽叙述职责、完全掌握叙述权利不同，《远游》的叙述，分别由诗人"我"及一同远游的伙伴——漫游者、牧师和独居者分担。华兹华斯放弃在"瞬间"中自我剖析式的表达和对抽象概念的修辞性描述，转而使用集体叙述模式，不再强调自己的感受，而是详细记录他人的思考，让四位主人公在讨论中讲述湖区居民的故事。

> 漫游者——一位受人尊敬的小贩，其心灵与自然和人性的联系非常密切，继续漫游四方，为世界传递快乐，培育人们的共情之心，强化社区的情感纽带；诗人，他热切而勤奋的学徒，以及独居者，一位忧郁的怀疑论者，遭受过两次重大的精神打击——法国大革命的失败和年轻家人的突然逝去。后来，牧师加入叙述的队伍，可以把他看作一位穿着牧师长袍、不去四处漫游的"漫游者。"（Hickey 481）

弗朗西斯·弗格森认为，假如在《序曲》中，华兹华斯考察的是自然与教育如何赋予他创作伟大作品的能力，那么《远游》则暂停讲述那些成长的"瞬间"，而考察自然与教育如何成为人与人之间的情感纽带。于是，华兹华斯为诗歌刻画了这些年龄、职业、经历各异的四个人，让他们在谈话中同时讲述，用不时模糊声音的界限而介入彼此的讲述。（Ferguson 198）

《远游》第二卷至第四卷中最明显的主题是入世与隐居两种人生态度的对比，而华兹华斯借流浪者之口表述观点：隐居不一定是消极遁世，相反，可能比直接参与社会事务更能为公众做出贡献。"独居者"正是符合这一社会职能的人，华兹华斯说，"人们应该有这样的信心和希望，那就是分散在各处隐居的人们一直在用他们的头脑为真理和美德的传播做出贡献"（PrW，II，12）。而《远游》是华兹华斯在隐居状态下为公众服务的证明。《抒情歌谣集》和 1807 年的《诗集》中的作品描写了不少湖区乡村的偏僻景象，华兹华斯也因此被评论家称为"湖畔诗人"，然而他并非狭隘意义上的地方主义者。直到 1814 年《远游》的出版，华兹华斯才表明了这种地方主义中的社会价值，而最主要的手段乃是通过分析辨别藏在"独居者"遁世表面之下的哲学与道德力量。

华兹华斯在三篇《墓志铭随笔》中用墓志铭与逝者的关系类比诗歌语言与意义的关系，其中第一篇随笔被附在《远游》第五卷的末尾；在《远游》第六、七卷讲述格拉斯米尔墓园里那些逝者的故事。这样的内容安排，以及之前关于"哥特式大教堂"的比喻，都让人感到沉重、压抑，有种不祥的预感。《远游》出版之后遭到了评论家的猛烈批判，弗朗西斯·杰弗里的断言"这绝对不行"，至今都还被人们当作不读《远游》的借口。华兹华斯本来希望通过《远游》为自己确立不可撼动的文坛地位，不料却遭此沉重打击。华兹华斯高调而态度坚定地为新诗集辩护，延迟出版在《远游》完工之前就修订好的《诗集 1815》（*Poems*，1815），在此期间为诗集创作了一篇《序言》（*Preface of* 1815）和一篇《随笔，对序言的补充》（*Essay*，*Supplementary to the Preface*）。华兹华斯的这两篇文章，否定柯尔律治在策划、创作《隐士》过程中所起的哲学导师与合作者的作用，竭力证明自己在哲学和诗歌批评方面的资格，希望以此为《远游》及其他诗作赢得文学界的认可。

而柯尔律治随后准备出版当年已经整理完毕的一部诗集《女巫的书叶》（*Sybillian Leaves*），并附上一篇序言。这篇序言是柯尔律治 1802 至 1803 年间就开始陆续写作的一些文章，作为对华兹华斯的回应，他又加了一些对华氏诗歌的评论。这些文章作为诗集序言显然有些过长，后来作为《文学传记》（*Biographia Literaria*）的 1 至 5 章和 14 至 22 章在 1817 年与诗集分开出版。柯尔律治的这些文章与华兹华斯的两篇随笔之间，有些很微妙的互文，也许只有当事人才能心领神会；但大致上看，柯尔律治用曲折的方式表达了两层意思：第一，《隐士》要说明的问题在《序曲》中已经说透；第二，华兹华斯的理解和实践与他所倡导的哲学诗歌还有差距。也就是说，因为《远游》不尽人意，他要亲自去践行自己的诗歌理想。至此，这段持续 20 年的友谊走到了尽头，《隐士》这座"哥特式大教堂"永远被搁置，"哥特式教堂"那一系列比喻带给读者的不祥预感似乎已经变成现实。

第二节　《小贩》与温和平静的智慧

《远游》一经面世就遭到异常猛烈的批判，其中，威廉·赫兹列特的评价涉及诗歌的方方面面，可谓自成一体。本小节将以赫兹列特的观点为开端，围绕"小贩"或"漫游者"的人物设计，系统谈论华兹华斯的创作理念。

尽管承认"华兹华斯是伟大的诗人、杰出的道德家以及思想深邃的哲学家"，赫兹列特依然对其作品中的人物设定感到费解。他说，当华兹华斯把小贩和农夫作为主角，"让这些人物抒发他的情感，我们（读者）就不能不告辞了。"赫兹列特似乎对乡下人、身份卑微的人持有某种偏见，他说，"当华兹华斯坚持为我们介绍他的那些朋友，教区执事或是村庄理发师，并声称这些人与他一样充满智慧，我们就不得不收回一些热忱与信任，并为此请求诗人原谅"（Woof 377）。

　　威廉·赫兹列特在《检查者》（*Examiner*）杂志连发三篇文章批评《远游》，并预言"别出心裁、气势磅礴"的《隐士》，"可能……就像那些巨大的未完成的工程一样，因为花费和劳动超出其功用和美学价值，而遭遇被废弃的命运并逐渐腐朽、衰败"（Woof 369）。这毫不留情的结论，源于赫兹列特对《远游》中的人物描写的偏见。在赫兹列特看来，华兹华斯笔下的乡村人物，"脱离了自然的生活状态，却未被赋予艺术的高雅"；他们"不像通俗小说里的人物那样粗俗、放荡，却（比那些人物）更自私"；他们更关注自我，"更封闭，因为可供竞争的选择较少，它们对目的追求更加偏执"；沉重的生活重担夺去了他们的同情心，因而"内心变得和开垦的岩石一样坚硬、冰冷"；他们在巍峨大山的映衬下显得渺小而毫无价值，"像小虫子一样在天与地之间爬向坟墓"，而且"他们眼中的彼此与墙上的苍蝇无异"。（Woof 380）仔细读过《远游》的读者一定会发现，赫兹列特的评价并不客观。《远游》所讲的人物有相当一部分是知识分子，也不乏议会成员或贵族，即使当地的普通居民也表现出丰富而优雅的情感。

　　针对赫兹列特对于乡村人物的刻薄之见，亨利·罗宾逊在日记中作出回应。他说：

　　　　我几乎用了一种整天阅读过去三个月的《检查者》（*Ex-aminers*）杂志。他（赫兹列特）对乡村生活粗俗、刻薄的看法，认定湖区那些贫苦居民比其他地区的人无知、自私、一无是处。似乎赫兹列特以藐视普遍观点为乐，一定是内心或是头脑的某处扭曲，才使他在自己即使是最有力的作品中都能说出违背常理的话。（Woof 366）

同样力排众议、支持华兹华斯的还有查尔斯·兰姆（Charles Lamb）。在1814年9月写给华兹华斯的信中，兰姆充分肯定《远游》的文学价值和主题的合理性，称之为"我所读过的最华丽的会话诗"，并且，"在我的记忆里留下最香甜气味的是教堂墓地的那些故事"。兰姆还特别提到玛格丽特的故事，称"（玛格丽特）是一位久违的朋友"，"现在听来依然有新意"（Woof 404）。

但是，在10月的《评论季刊》（*Quarterly Review*）里，兰姆中肯地指出：如果能把玛格丽特凄美的故事移到稍后的部分，为读者留出时间去适应诗人的哲学，效果也许会更好。在同一篇评论中，兰姆还谈到小贩作为作品代言人的合理性，认为只有这样一个出身低微的人物，才能与诗歌整体和景色相和谐。兰姆以《农夫皮尔斯的教义》（*Piers The Plowman's Creed*）为例说明这一点。《农夫皮尔斯的教义》中，传道者卑微的身份为教义平添几分尊严，小贩不同寻常的教育经历，也足以弥补其出身可能引发的质疑。如果真有读者想要欣赏这部作品，又被表明职业的名词困扰，兰姆建议他们可以在必要的时候，用"朝圣者""香客"或其他没那么招人烦的头衔代替，反正这些名称也能让人联想到身心的宁静，而这恰恰就是漫游生涯赋予小贩的性格特点和优势。（Woof 415）

"小贩"人物的理想主义色彩和象征意义是詹姆斯·蒙哥马利

（James Montgomery）的重要发现。蒙哥马利认为，以小贩为主要人物是当代诗歌历史上最大胆的试验，而华兹华斯的试验相当成功。他很自如地赋予小贩超出现实地位的道德、智慧和尊严，这些特征无法从家业继承，也不属于所有人，而是自然施加于少数人的恩惠。这些自然的受惠者，寥若晨星、远离人群，分散在各行各业。在蒙哥马利看来，华兹华斯的小贩漫游者，在浪漫程度上不亚于荷马的阿喀琉斯，"由很多人物组成的一个人"，或者更确切地说，是由在漫游中获取对人性敏锐感受的小贩和博学优雅的诗人两部分构成。蒙哥马利引用华兹华斯本人的话："如果自己身处小贩那样的家庭和环境，也许不可能发展出他这个用想象虚构的人物身上一半的优点。"（Woof 431）

　　F. R. 李维斯意识到"小贩漫游者"在华兹华斯诗歌创作和人生中的重要作用，认为这是一个"非他不可"的重要角色。他在《华兹华斯：创作的条件》（*Wordsworth：The Creative Conditions*）中指出，《农舍》并非典型的华兹华斯式作品，人们在其中感受不到《序言》所宣传的"在沉静中回味来的情绪"（朱光潜 267），恰恰相反，人们感受到强烈的情绪，读到由之复归沉静的智慧。故事中为玛格丽特伤感不已的"诗人"代表华兹华斯本人，小贩漫游者的教导——从自然中习得平静和智慧，是华兹华斯的人生理想。这种智慧，正是刚刚经历过法国大革命和骨肉分离的华兹华斯所迫切需要的，非但如此，"漫游者"的哲学，也是华兹华斯准备用来启发读者、改变文学审美的武器。李维斯的这番话，道出华兹华斯在"小贩"人物设定中倾注的美学与哲学思考。这些思考并非一蹴而就，其形成、演变几乎贯穿诗人的整个创作生涯。

《农舍》的版本问题也是评论家争论不休的话题。乔纳森·华兹华斯（Jonathan Wordsworth）在《人性的音乐》（*The Music of Humanity*）中，充分肯定小贩的人物设定，认为诗人对人物生平的后期补充纯属画蛇添足。他说，小贩哲学思想的发展与整个故事"几乎没有关系"，1799 年被删除小贩生平的版本是《农舍》"第一次完整、连贯的版本"，后来的修改过程是"一个奇怪的个别地方的改善和对整体效果的损害"（22 - 23）。他认为，"任何版本都无法与 MS. D 相比。MS. B 只是一个尚在改善中的手稿，诗歌并未完全成形，而到 MS. E 时结构就已经遭到破坏"（168）。乔纳森令人钦佩的文本学识成功推销了他的美学观点，不少人受其影响，以作于 1799 年的 MS. D 为权威版本，相信这一版本"充分体现了玛格丽特（故事）所有版本作为田园诗的惯例"。（Alpers 261N）

詹姆斯·巴特勒（James A. Butler）与肯尼斯·约翰斯顿（Kenneth Johnston）持相反观点。在专著《威廉·华兹华斯的〈废毁的农舍〉与〈小贩〉》（*The Ruined Cottage and The Pedlar by William Wordsworth*）中，巴特勒详细追溯《农舍》版本的演变与诗人创作意图的关系，指出《农舍》的创作、修改都体现诗人对"流行文学"题材与写作手法的规避和批判。而在约翰斯顿看来，华兹华斯不但是伟大的诗人，也是眼光独到的评论家，他清楚读者鉴赏力的局限，预感到《农舍》过于强烈的悲剧效果，很可能成为读者关注的焦点，如果他们像阅读廉价、通俗的报纸文章一样解读故事，就会忽略其中的哲学意义。（*WTR* 43）

事实上，关于"小贩"人物的争论和对版本演变的探讨，最终都指向一个问题——华兹华斯借《农舍》所表达的对流行文学的看法。不妨来看一个例子。在 1797 年 MS. A 中有一段关于夜晚的描写：玛格丽特死后荒芜的农舍变成了野马驹、流浪的小牛的栖息场所，当穷人赶着马进去避雨时，马蹄声与风雨声混成沉痛的交响，仿佛亡魂的控诉："束缚马蹄的铁链 / 单调的叮当声与密集的雨声 / 混合。我从那儿动身出发/耳闻此声仍在风中跟随。"（Incipient Madness 32 – 35）改写后的 MS. B 用寥寥几笔描写主人死后农舍的荒凉："未打蹄铁的马驹 / 流浪的小母牛和无业者的驴，/ 如今依靠残存的烟囱与围墙躲避大雨 / 我曾经在这儿看她的火炉石燃烧 / 愉快的光/透过窗户洒向大道。"（MS. B，I 165 – 170）巴特勒在其关于《农舍》版本的专著中指出，"如果（在旧版本中）人物还在痛苦，内心无法平静，现在看来（在新版本中）他们拥有一种新的平静，体现出受难者的基本价值和情感功能。"（9）不但如此，此时的叙述者"小贩"从玛格丽特的悲剧中感受到的已经不是以前那种哥特式的悲怆，他开始注意到农舍中的"自然之物"，"在一切事物中/他都看到一个生命，并且感受到其中的快乐"（MS. B，14r）。巴特勒认为在 MS. B 长达 528 行的连贯叙述中，叙述的重心不再是悲剧本身，而是小贩由此获得的哲学观点："我们知道常常可以/而且也许总是能够在悲哀的思想中/获取通向温和美德的力量。"（MS. B，II 286 – 288）

尽管经过多次修改，华兹华斯仍觉故事中刺激情感的"轰动性"成分太多，并借"诗人"之口表达"轰动性"描写对读者的影响。玛格丽特的故事让"诗人"感到异常痛苦，但他对之欲罢不能，还央求小贩继续讲下去：

血管中有种真实的寒意。——
我站起；走出微风习习的绿荫，
来到空旷的地方，呆呆站着，
感受温暖阳光的抚慰。
站立良久，我回头
看一眼寂静的废墟，返回那里，
请求这位老者，为了我，
继续讲述那个故事。
（MS. D 213 –220；《远游》第一卷 649 –656）

华兹华斯正好再借小贩之口对流行文学的这种写法与效果予以
抨击，他说：

这是一种放纵，应予以
严厉谴责。如果我们
心怀功利地感受别人之痛，
哪怕那人已是逝者，希冀
从中得到情感释放的片刻欢愉，
而放弃理智，则对未来毫无裨益。
（MS. D 221 –26；《远游》第一卷 657 –62）

而小贩讲述的故事则

只是一个普通的故事，

> 缺少轰动的情节，
> 一个默默忍受的故事，几乎
> 尚未成形，然而并不适合
> 感受力粗糙之人，他们若不思考
> 将察觉不到其中的信息。
>
> （MS. D 231 – 236；《远游》第一卷 667 – 670）

华兹华斯所推崇的诗歌形式和语言风格，不仅与时下流行的哥特式小说截然不同，甚至与维吉尔、莎士比亚等伟大作家的诗歌都有所区别，诗人叙述者说：

> 诗人在他们的挽歌和诗里
> 悲叹逝者，呼唤树林，
> 他们号召山峦小溪去哀悼，
> 还有无动于衷的岩石，并非无益；因为他们
> 在祈祷里传达了一种声音
> 服从于人类同情之心的
> 强烈创造力。有种更平静的
> 却似乎与前者类似的，同情
> 悄悄出现在沉思的心灵
> 随思想生长。
>
> （MS. D，73 – 82；《远游》第一卷 507 – 516）

华兹华斯所崇拜的正是小贩这样的人物，他们在生活中培养了

敏锐的感觉与深刻的思想，因此既是哲学家又是沉默的诗人："哦！大自然所培育的诗人/如此众多；那些被赋予超常天分的人，/神圣的想象与才能；/只是缺少写诗的造诣。"（《远游》第一卷77–80）华兹华斯希望用诗歌仿效、记录"小贩"一样的人物与自然的相处模式，创作看似平凡却影响深远的作品：

> 这些上天青睐之人，
>
> 大都默默无闻地生活，
>
> 内心怀着非凡的思想，
>
> 默默无闻，走向坟墓。在这嘈杂的世界
>
> 最伟大的思想往往
>
> 鲜为人知；否则，此人的哲学
>
> 绝不会无人知晓无人传诵。
>
> 但是，若心灵充满思想之光，
>
> 他的一生就并非平淡无奇，
>
> 在他所到之处，——必被尊敬热爱。
>
> （《远游》第一卷88–97）

华兹华斯在"小贩"的人物设计上投入常人不可想象的时间和精力。比如，为了阐述小贩与自然之间微妙深刻的联系产生的原因，曾做过两次大的修改：一次加入诗人自己的亲身经历（MS. B2），因此，小贩部分其实是诗人最早的自传作品，其中有的思想后来被用在自传体长诗《序曲》中。这个版本中的小贩，在坎伯兰山区度过童年和青年时期，因此对自然之美有种痴迷的回应，"有时，在无法言喻的狂喜中／他感到生命的情绪，在伸展／笼罩那些活动的、和似乎静止的万物。"（*MS. B* 14r）相信与拥有无声语言的事物对话可以促生美德，因此他不主张"诗人"叙述者（the poet – narrator）无知地看待这个故事，而应该因此变得明智和快乐，因此原本短促突兀的结尾"她死在这里，这些断壁残垣的农舍最后的居住者"，被改为小贩对叙述者传达智慧："变得智慧和快乐吧，再也不要用／无知的眼光阅读万物的表象／她在平静的地下长眠，安宁在这里。"（*MS. B* 53r）故事的最后，两人在夜色中快乐地踏上旅程。

华兹华斯曾一度删掉这部分诗行，将删掉的诗句作为一首独立的诗（The Pedlar）。但不久之后又草拟更多内容以充实人物的身份。小贩的精神成长部分，是他作为哲学导师的关键，因此是这次修改的核心；除此之外还加入一些世俗的细节：小贩有了名字，而且变成了苏格兰人，出生在佩思郡的山区，叙述者寄宿在霍克斯黑德上学时就与他相识。在修改的过程中，华兹华斯反复强调与自然过程的认同是了解民生疾苦的基础，小贩在流浪的过程中学到了日常生活的智慧，因而能够体会劳动者的痛苦，分享他们普遍的热情和感受。

另外，把来自湖区的小贩塑造成苏格兰人也同样意义重大。华兹华斯学生时代就曾接触过苏格兰小贩，当时他们无论来自哪里，都被人们叫作苏格兰人。在 1814 年《远游》的注解中，华兹华斯记录了一段阅读罗伯特（Robert Heron）《苏格兰西部小郡旅行观察》（*Observations Made in a Journey through the Western Counties of Scotland* 1793）时的感想：

赫伦的《苏格兰旅行》天才地描写了这类人过去、现在的特点，在某种程度上，他们高贵，并且，社会受益于他们的劳动。他们的特点之一，书中还提到，就是他们在长期孤独游历于乡村风情之中，心灵获取经常沉思的习惯，并且容易强烈地感受诗歌和宗教热情。（WR 65）

这样一来，读者就不会对小贩的教导不以为然，不会像耶稣在犹太教会堂对抄写隶们宣讲教义时被人质疑："这个人的智慧从何而来？他不就是那个木匠的儿子吗？"（马修 21 – 23）弗兰西斯·杰弗里对 1814 年《远足》第一章发出诘问："这个人习惯于对胶带或铜袖扣讨价还价，难道华兹华斯先生希望我们听取他口中的智慧和美德吗？"（WR 65）杰弗里这句刻薄的评论，除了证明他未曾完整地阅读作品、对诗人的思想丝毫未加思考之外，别无任何意义。

这一版本的《农舍》由多萝茜在 1804 年 1 月底至 2 月初抄写了整首诗 883 行（MS. E），华兹华斯计划将其纳入大诗歌项目《隐士》。然而同年 3 月份时，华兹华斯又开始了新一轮的改动，最终成果是 MS. M。这次的重点仍是小贩部分，其中有一段称赞他是沉默的诗人中的一员：他们也许缺少"写诗的造诣"，却"天生具有更高的天赋，/神圣的想象与才能"。而小贩本人，"尽管出身卑微，靠粗俗的行当/谋生"，"却是优秀心灵的上等之选"。（MS. M 100 – 122）在对小贩的身份进行如此这般地修饰之后，诗人叙述者对他的崇拜显得合情合理，读者也更愿意聆听他教诲。MS. M 后来作为《远游》的第一卷在 1814 年发表。

第三节　《远游》与口头的记录

在赫兹列特看来，《远游》一诗虽描写传统的乡村题材，却迥异于同类文学作品：华兹华斯不去描写乡村实景，却表达对景观的情感；不去讲述乡下人的生活，却大谈其引发的思考。一言以蔽之：作品中缺乏生动的意象，充斥着空谈和抒情。赫兹列特心目中的乡村文学，要有"鹅卵石铺成的小路""一排排美丽的灌木篱墙""黄杨围起来的花园""劳动者的圈地"以及"星星点点的村舍"。而华兹华斯的作品，"被一种对宇宙力量和巨大永恒自然的恒常感知以及一种近似于迷信的恐惧所围绕，人类之手从未在此留下任何痕迹。"赫兹列特感觉诗人的心灵，可以说是"生活在万物最初的形态里；想象力在面对现实的自然时有所保留，似乎除了自然力之外没什么能唤起他的热情"。（*Woof* 369 – 370）

在描写人性方面，赫兹列特认为，华兹华斯同样回避流行文学的惯常做法。他似乎认为吸引人的事件、毁灭性的灾难等足以产生轰动效果的手段都太低劣、粗俗。在赫兹列特看来，普遍与永恒是华兹华斯关注的唯一现实，似乎"所有偶然的多样性与个体差异都像海洋洪流中的水滴，在绵延无尽的情感表达中消逝不见"（*Woof* 376）。华兹华斯像观察整个地球的博物学家一样审视人类，不屑于对风景或表面上的差异发表意见，他最显著的视野和倾向是戏剧性的反面，拒绝人物性格的变化，风景的多样性，以及现实生活舞台上的各种喧嚣、枯燥和滑稽。诗人仿佛"生活在自己内心繁忙的孤独中；在思想深沉的沉默中"，他"居住在没有景色的空气中，与沉默的云朵交谈"（*Woof* 371）！

赫兹列特不仅雄辩而且敏锐，只可惜被质疑和批判束缚手脚，未能深入研究华兹华斯这种创作风格背后的理念。在《牛津大学诗歌讲座》中，A. C. 布莱德利分析华兹华斯对通俗文学的看法以及由此而生的诗歌风格，他的话应该解释了赫兹列特的疑惑。根据布莱德利的观察，华兹华斯作品所表现出的对自然中微小、熟悉的事物的"嗜好"，是由于诗人感到社会迫切需要一种与当时流行的文学风格不同的作品，以对抗阅读大众"不断加剧地对毫不节制的感官刺激的渴望"。布莱德利认为，"随着城市人口的增多，职业、生活的单一性使人们产生一种对离奇事件的渴求，在快速的交通和信息流通中得到满足"，生活在这种环境下的人们更容易屈服于"疯狂小说"（frantic novels）粗俗、轰动的效应，比如拉德克利夫、刘易斯之流的哥特式小说，净说些神秘罪犯、阴暗教堂、恐怖妖怪之类的故事。（*Bradley* 111）

在布莱德利看来，华兹华斯试图与这种潮流反其道而行，因此走向另一个极端，开始写一些甚至距离莎士比亚悲剧、斯宾塞那些骑士、龙都很遥远的故事。也许，他想要表达这样一种观点："人们即使在脉搏跳动完全正常的情况下，也可以感受到奇想与美，也可以被打动"。（*Bradley* 111）或许正是出于这种考虑，华兹华斯拒绝柯尔律治提议的神话传说题材，并宣称自己的诗歌，其发生地仅限于地球，而且是地球上的英格兰乡间。布莱德利认为，华兹华斯此举证明自己不是"性格温顺的羊倌儿"，而是"天生的斗士"，"很容易被激怒，而且会以非凡的力气挥舞柄杖，就这样一边反抗一边把信仰推行至极端的状态"（*Bradley* 111）。

《远游》对流行文学的批判集中在第五至七卷。在第五卷里，在牧师带领下，漫游者、独居者以及诗人参观湖区一个贵族骑士的墓葬。诗人注意到，墓志铭写满了骑士的英雄事迹、爱情、战争等主题，对家族中夭折的年轻成员、女管家及终身未婚的女性成员亦有简单颂扬。诗人用朗读赋予墓志铭这种"无声的语言"（silent language）一种声音，然而他对墓志铭的意义却始终不解："这些意义模糊的话，／能说出什么来呢？"（第五卷 205 – 206）此后，"独居者"发表了一番愤世嫉俗的话，询问大家是否注意到一个残酷的事实：死神的使者（Death's Hireling）常常突如其来地夺走人类的生命，让关于理想的一切高谈阔论变得毫无意义。他说：

> 以前，我们用闪光的语言，
>
> 讲述那可以依靠的信念，相信
>
> 未来的世界；让想象的翅膀，
>
> 愉快地展开翱翔，
>
> 在大地的命运上空：
>
> 然而，让我们俯身
>
> 理智地将理想与现实及人的实际生活
>
> 来个对比。如果默不作声的大地
>
> 能为它所掩埋的人们说点什么，每座坟
>
> 都是一卷书，紧闭，却能够
>
> 对眼睛与耳朵讲述其内容，
>
> 我们一定会畏缩，为悲伤和羞耻所击溃，

当看到被可怕证据揭示的真相。

（《远游》第五卷 243－255）

独居者强烈地感觉到，突然到来的死亡使一切变得毫无意义甚至可笑，"人生显得多么渺茫、任性，/突然偏离轨道，/在到达终点前停止。"（第五卷 258－260）这一番话仿佛道出华兹华斯的心声，抒发了他对亲友逝去的愤慨和对文学事业的迷茫。

本书在第一章和第二章中指出，《丁登寺旁》和《序曲》讲述的是同一段经历：亲人的陪伴以及对童年"瞬间"的回忆，最终帮助诗人战胜危机。实际上，《远游》中也用了同样的"堕落－救赎"的模式。比如，在第五卷，华兹华斯用文学创作的规律为人生经历作比，他说，如果信任诗文里对人生的比喻，那么人的一生就像自然中的一年，包含有春夏秋冬四季。教堂墓园里的那些墓志铭，把湖区的生活描写得好像四季如春，"闪光丰富的悠长夏日""甘美醇香，收获累累的秋季"以及"阳光日渐稀少温暖逝去；/天气改变，空气寒冷落叶飘零，/所预示的年老冬日荒芜的扫荡"，这些都到哪里去了？（第五卷 398－410）与湖区外面人们相比，反映在墓志铭里的湖区，就是一个"结构不良的故事"，美好、快乐、希望有余，痛苦、渴望等更深刻的东西不足，而后者才是幸福的真正源头。（第五卷 432）因为，假如感受不到痛苦，假如不懂欲望得不到满足时的沮丧，人们必将在日复一日的单调中失去对幸福的感受力。赫兹列特曾批判说，《远游》中缺乏乡村实景和人物的现实主义描写，充斥着对普遍、永恒的讨论。独居者的这番话与赫兹列特的评论实在是如出一辙，也许华兹华斯已预知到作品可能引发的争议，而且将在接下来的诗文中，借牧师和漫游者之口为自己辩解。

在牧师看来，处理人生问题时，理性的态度比恣意挥霍情感更有价值。他说：对多数人而言，理性只是一种高尚的追求，"一顶皇冠，神圣权利的象征，/可仰慕——却赢取不得。/——若不仰望，人人即坠入自我的深渊"，在那儿饱受不安、欲望、悔恨、绝望的折磨。（第五卷 503－505）而理性将帮助人们正确认识死亡：

> 我们可以坚信这点没错
>
> 人生既非美好诱人的温柔之所
>
> 清新悦目、令人振奋，
>
> 亦非一片景象惨淡的禁忌之地；
>
> 就如人们靠近或看着同一物体。
>
> （《远游》第五卷 526－530）

他用4月的湖区比喻事物的悲喜两面。如果一个人从北面走近，他会看到被白雪覆盖的墓园，并为此情此景感到伤心。如果继续往南走，逆着阳光向后看，他会发现，目光所及之处，冰雪已经消融，四周一片早春的新绿，空气中满溢希望与喜悦：

> 这就是死亡和他的两面！一个是冬季——，
>
> 寒冷、阴沉、空寂，被隔离在希望与欢乐之外；
>
> 另一个，被神圣的阳光所照耀，
>
> 满载生命的期许，明媚如春。

（《远游》第五卷 554 - 557）

漫游者则用睡莲比喻感性与理性的关系：睡莲的花朵漂浮在波纹上，根却扎在深深的水底，感性与理性的关系、观点与内在结构的关系亦是如此，唯有将"忘我的温柔情感"与"鄙视死亡的尊贵灵魂"相结合，才能收获智慧，否则将是愚蠢。（《远游》第五卷 577 - 578）

牧师接下来的一段话涉及文学创作。他将教区民众平静的人生和死亡与战争和海难这样的灾难相比，认为两者并无不同。人生恰如溪流，波澜壮阔有之，风平浪静亦有之。结局只有一个：被赋予它们生命的大地所吸收并最终归于平静。教区平静的墓地与屠杀过后寂静的战场相比并无逊色：荒凉的海滩上到处是残破的战船，年老、年轻的战士四处寻找朋友与亲人，后者可能在被祝福之前已经死去：

> 啊！谁会认为分散在各处
> 不同气候中的臣民，是
> 死亡悲哀景象的组成部分——
> 他们有的悲惨，有的堕落，
> 有的邪恶，一生颠簸，
> 从未感受过慈善的荫蔽，
> 无人同情。不论压迫或是被压迫，
> 不论毁灭成性的暴君，
> 还是默默忍受灾难的奴隶——

都与这群人同为一类

这为数不多的一群人，被小心呵护，

被责任与温柔包围，

在心爱的家乡度过一生。

（《远游》第五卷934－947）

人与人之间，身份和品质也许相差悬殊，在死亡面前却个个平等，而唯有理智与感情兼具的心灵才能意识到这一真理。因此，漫游者认为应该这样看待生死：

人生，依前所言，是爱之能量

神圣抑或人性；在痛苦、

在斗争、困苦之中发力；注定

在神的授意与赞许中，经过

阴影与沉默的休憩，到达永恒之福地。

（《远游》第五卷1012－1016）

华兹华斯的这番话，看似对漫游者提出要求，实则是对诗人和读者提出要求——与流行文学所提倡的人生观、死亡观保持距离。他在作品中对小人物的关注，正是亲身践行诗中所言的创作理念。《远游》中的这些平淡无奇的故事，正是诗人独辟蹊径、勇于实践的表现。

在《序曲》中，华兹华斯凭借心灵顿悟的"瞬间"渡过创作和精神危机；《远游》第六、七卷里的"诗人"，也对写作生涯感到迷茫，因而渴望从漫游者和牧师的对话中获得启示。牧师用所讲述的十六个墓园故事表达对流行文学的批判，恰好为"诗人"指明正确的创作道路。这十六个故事向读者传达关于人生的哲学和思考，其介质却不是宗教和神学，而是十六个湖区人的人生剪影，或者也可以说是墓志铭。本书在《绪论》部分讲过，墓志铭作为华兹华斯心目中最高级的文学形式，是歌谣体诗歌的前身，创作动机在于纪念逝者或故土。彼得·康拉德（Peter Conrad）认为，墓志铭起源于地方，所以"通过对来源地的神圣化回报地理形式的恩惠"（Conrad 90）。也许正是由于墓志铭文体与地方的特殊关系，华兹华斯以之为媒介，意图修补作品中的"诗人"和现实中的自己与湖区、自然之间断裂的情感纽带。肯尼斯·约翰斯顿在《华兹华斯的〈远游〉：路径与终点》（*Wordsworth's Excursion: Route and Destination*）一文中说：

> 这些墓园故事具有非常典型的"华兹华斯式"特点，情节非常有趣且感人。但是，从整首诗的基本修辞框架和内容安排来看，讲述是为了把独居者内心的幻灭放入自然生死循环的大语境中，仿效托马斯·格雷（Thomas Gray）的《墓园挽歌》（*Elegy in a Country Churchyard*），不去批判或矫正政治理想的幻灭或别的什么伟大事业的失败，而将其视为自然规律的一种体现去理解并接受。（110）

在第七卷的开篇，"诗人"发现，与牧师在树下与教众的谈话相比，田园诗和战争传奇的影响力和感染力显得差强人意，这是华兹华斯又一次借"诗人"之口评价流行文学和田园诗传统。这十六个故事，就人物与地点的真实性而言，有别于传统田园诗，就情感的强烈程度而言，也与战争故事有所区别：

> 那是充满力量的
>
> 声音，吸引并控制人的感官；
>
> 却比歌谣的调子更高
>
> 是纯净的雄辩。当充溢灵魂
>
> 的情感之流渐渐散去，
>
> 它留下的意识，
>
> 储存在记忆静寂的
>
> 岸边，意象与珍贵的思想，
>
> 永不会失去，无法被摧毁。
>
> （《远游》第七卷 22-30）

其中一则故事以华兹华斯一家的好友——辛普森牧师为原型。兰姆认为辛普森的故事是《远游》中最精彩的描写，亨利·罗宾逊也对之赞誉有加：

> 诗歌表现出的智慧和崇高道德超越我所知道的任何作品，虽然个别地方比较拖沓，有时描写太过冗长，说理啰唆，但总体叙事比较柔和、细腻。尤其是那位牧师的故事，他在独居中保持上流社会人士的情感，他心灵的活力永远不可征服，即使在妻子过世之后，依然能够凭借这种性格在短期内忍受忧伤和

不幸。这个故事最令人鼓舞。……在这部作品中，华兹华斯轻松优雅的景色描写巧超越了以前的作品。（*CCV* 220–221）

辛普森一家是《迎春花》里的主角，在《远游》中只是更换了叙述者，就内容而言是新瓶装旧酒；但是，若就情感基调而言，两部作品的表现却大相径庭。《迎春花》里的华兹华斯几乎被悲痛击垮，讲述也因此难以为继，导致作品戛然而止、不了了之；《远游》里充满智慧的牧师却不会重蹈覆辙。还是先从故事说起：辛普森舍弃仕途，带领家人来到湖区这穷乡僻壤。他们的马车甫一到达，就引发了人们的各种猜测。此时又是一个心灵被无节制的浪漫想象控制的例子：

> 他们
>
> 缓慢行进的马车被人们围住，激起了
>
> 无边的幻想与粗俗的猜测。
>
> ——"他们来自何方？有何贵干？
>
> "他们是否擅长占卜的部落
>
> "是否同样在绿林树下支起帐篷？
>
> "或许是巡演的戏班子，带着那些道具
>
> "将扮演美丽的罗莎蒙德，或森林之子，
>
> "他们用什么斑猫的胡子，开始
>
> "智者惠廷顿幸运的冒险"
>
> （《远游》第七卷 82–92）

辛普森一家刚刚到达之时，他们未来的家"荒凉空荡""外无植被，内无家具"；任职的教堂离家有段距离，必经之路是"山上的一个豁口，一个/没有隐蔽和遮盖之地，常被雨淋，/狂风肆虐"。（《远游》第七卷 137-138；142-144）后来，一家人的勤奋、乐观改变了恶劣的环境，也改变了原本愤世嫉俗的辛普森：

　　　　现在矗立在山坡上，
　　　　足以抵御任何剧烈的狂风；
　　　　夏日叶子的浓荫在铺满苔藓的
　　　　屋檐上随着微风摇曳，
　　　　岁月勤快的双手
　　　　用自然最美的植被
　　　　美化这个乡间住所，也在主人身上
　　　　洒下庄重的优雅；
　　　　一种随年纪增长而习得的得体。
　　　　（《远游》第七卷 200-208）

荒凉的山谷与骇人的哥特式想象，温馨居所、整洁优雅的教堂与安静和谐的气氛，分别代表两种文学风格与效果：一种是情感的放纵，另一种是情感的克制。华兹华斯让读者在第五卷的基础上自己解读故事的意义，他还会在接下来的故事里，不断强调这一文学理想的重要性。

牧师"好人"没有辛普森那么曲折的经历，从未经历不幸，他有一个令人尊敬的称号——"好人"（the wonderful），牧师（叙述者）认为这称号与皇帝、将军的那些称号一样响亮，而他默默无闻的一生若写成故事，比之王侯将相的传记将更有教育意义。此时，华兹华斯借牧师之口再次评价了当时流行的文学形式：

> 悲伤的战争，令人不堪承受，
>
> 为何诗人还要滥用其天赋，
>
> 吹响他那神圣的号角，
>
> 恣意增长其混乱与喧嚣？
>
> 无望的爱情故事，令人痛苦——
>
> 它激发的热情、动乱
>
> 焦虑、恐惧都太多——
>
> 乡间绿荫下的吟游诗人
>
> 却还在吹奏柳笛，暗中加剧
>
> 痛苦之人的不安，
>
> 还在宣传这样的故事，仿佛传播得越远越好？
>
> （《远游》第七卷 363 – 373）

诚如赫兹列特所言，在华兹华斯的诗歌里看不到流行文学的影响：

> 悲剧故事中那些紫色的棺罩、低垂的青烟被视为可笑的道具和花招而被放弃，取而代之的是简单的真理与自然。这里没有国王、皇后、神父、贵族、祭坛和宝座，没有官阶、出身、财富、权利的差别，也没有法官的长袍、典礼官的权杖或庄重

肃穆的典礼。…… 得体的戏服、浮华的装饰都被视为粗鄙、浪费及野蛮而除去。卷曲的头发上的珠宝与打磨光滑的额头上方的皇冠都被认为是华而不实、夸张、庸俗；除了一顶简单的花环没有任何东西能满足他挑剔的品位。（*Spririt of the Age* 191 – 192）

阿尔弗雷德·厄辛爵士的故事更像是华兹华斯对文学作品呈现形式的一个隐喻。华兹华斯认为，如果人们喜欢口口相传的民间传奇，相信其真实性和教育意义，不妨听听这个故事：厄辛爵士带着长矛、盾牌，骑着全副武装、气势高昂的战马，来到这无名的山区隐居。他来的时候，只有此马作伴，神秘的身世引发闭塞山民的猜测。爵士在此建起一座豪宅，像一颗明星在平凡的农庄闪耀。后来，爵士与家人先后离世，房子渐渐废弃，曾经悬挂在质朴大厅的长矛、盾牌也都不见。只剩下一扇爬满常青藤的拱门，是这位心地善良的勇士留下的唯一痕迹：

> 从他高贵的宅邸
> 建起一群茅屋，住在里面的乡亲
> 继承了他的姓氏：
> 这些话，姓氏和名字的全拼，——
> "阿尔弗雷德·厄辛爵士"，附上
> 几句尊敬的话，被花环
> 和小花束簇拥，三面系有
> 三串声音清脆和谐的铃铛，

挂在教堂的尖塔，是人们给他的礼物。

（《远游》第七卷 967 – 975）

厄辛爵士去世之后，留下那些继承他姓氏的人们，在湖区继续生活。这让人想起《迎春花》中的圣巴兹尔，他虽离开生活多年的安内西和辛苦建立起的宗教社区，却仍有信徒继承他的信仰，而复现在宗教文献中的那段生活的宁静与沉思，也引导并影响更多人的生活。

在华兹华斯看来，湖区人们的生活更为自足，他们既没有阿拉伯地区宽阔的平原或者高加索、阿尔卑斯山脉的佑护，也没有引以为豪的壮观的教堂，然而他们并不需要这些神圣的象征来告诫、限制，更不需要依靠宗教文献丰富抚慰自己的灵魂：

> 他们简陋的住所
> 矗立在这个平凡之地，
> 只为遮风挡雨，不会心存畏惧，
> 自给自足地生活；谦卑的小溪
> 无忧无虑地从山间流过
> 经过草地、栗树林子和橄榄丛
> 经过耕地和葡萄园。
>
> （《迎春花》586 – 592）

这些山谷居民，没有显赫的家世和骄人的功绩，默默无闻地在湖区休养生息，生命与生活节奏都与自然的兴衰、流变保持和谐，

死后更无须骄傲自矜的传记宣扬自己。后世的讲述，华兹华斯克
制、平静的记录，湖区的寒来暑往，都是他们的墓志铭。这样的讲
述，同时也是华兹华斯心目中最优雅最高尚的文学形式，是他穷其
一生都在践行的诗歌理想。华兹华斯写道：

> 这些山谷里的居民
>
> 将生命所余下的微火
>
> 托付给口头的记录和沉静的心灵；
>
> 这种保管更真实也更善良，比起
>
> 那最令人喜爱的碑文：因为，若是讲述都无益
>
> 还要那些坟墓何用？
>
> （《远游》第六卷 610 –615）

华兹华斯语言思想的哲学基础

第一节 "戏剧性的得体" 还是 "诗意的得体"

华兹华斯在第二版《抒情歌谣集》中的几篇诗论虽然简短，却"含有能够摧毁 18 世纪古典主义的炸药"（《英诗的境界》69）。对华兹华斯而言：

> 诗必须含有强烈的情感，这就排除了一切应景、游戏之作；诗必须用平常而生动的真实语言写成，这就排除了"诗歌词藻"与陈言套语；诗的作用在于使读者获得敏锐的判别好坏高下的能力，这样就能把他们从"狂热的小说、病态而愚蠢的德国式悲剧和无聊的夸张的韵文故事的洪流"里解脱出来；他认为诗非等闲之物，而是"一切知识的开始和终结，同人心一样不朽"，而诗人则是"人性的最坚强的保卫者，是支持者和维护者，他所到之处都播下人的情谊和爱"。（《英诗的境界》

69－70）

或许也可以说，华兹华斯为数不多的诗论，是以文学形式表达对形而上学传统的质疑，毕竟哈特曼在《平凡的华兹华斯》中有言在先，"在（海德格尔）对工具理性的批判之前，就有（华兹华斯）对工具语言的诗学批判，一种启发性的、语言性的诗歌艺术。"（206）。华兹华斯认为，语言表意的模棱两可，"其最邪恶的例子是'人们称之为诗歌词藻的东西'以及刻意出新的诗歌技巧"。（*CCBR* 107）与此同时，华兹华斯为语言表意不足的问题提供了可行的方案——一个"理想的乡村社会，在那儿人们的思想和语言与'美好永恒的自然之物完美融合'，自然存在于人类的语言体系之外，因而能够作为其合法可信的参照。"（*CCBR* 108）然而，正是在实践这一富含哲学意义的诗论过程中，华兹华斯与他无比信任、极其崇拜的哲学导师、诗人朋友柯尔律治之间，出现了分歧。本书将在这一小节回顾分歧的产生、发展，尝试揭示诗歌创作理念背后更深层的哲学根基。

华兹华斯在第二版《抒情歌谣集》中撰写了两篇诗论：《〈老水手谣〉注解》与《〈山楂树〉注解》，排版放在诗集第一卷的卷末。其中，《〈老水手谣〉注解》一文，批评柯尔律治在角色塑造和情节设置方面对戏剧性无节制的追求。华兹华斯认为，《老水手谣》的创作缺乏总体观，读者只感受到诗人借由叙述者所表达的痛苦，此外别无所获。柯氏后来为《老水手谣》加上"一位诗人的幻像"（*A Poet's Reverie*）的副标题，算是对华兹华斯的指控予以认可。《山楂树》与《老水手谣》同是老水手讲述的故事，都包含一定的超现实元素，语言风格与创作理念却有天壤之别。《老水手谣》中老水手所受的种种折磨，乃柯尔律治内心痛苦之投射，语言风格文雅、复古，大概模仿了18世纪流行的哥特式文学；《山楂树》中玛莎的痛苦，比之柯尔律治的老水手并无逊色，然而读到最后，读者也许很难分清，究竟哪部分是真实发生的故事，哪部分是叙述者老水手的想象。华兹华斯在《〈山楂树〉注解》一文中，论证这首作品语言风格和创作理念的合理性，似乎试图以此为例，向柯尔律治示范民谣诗歌的创作原则。

1809年9月，柯尔律治在其主编的刊物《友人》中刊出《三座坟》（*Three Graves*）的第三、四首，再次使两位诗人的理念分歧成为焦点。《三座坟》是华兹华斯和柯尔律治早在1797年就决意合写的三首诗之一，原计划有六首，后来只写出四首，前两首的作者是华兹华斯。1817年《西贝尔的书叶》再版时，柯尔律治补写了一段创作背景和故事梗概。他说，此诗是应某位著名诗人的邀请所作，那位诗人对创作提出如下要求："语言要更有戏剧性，要符合叙述者的身份；格律也要与这种朴素的语言相一致。"（171）"著名诗人"是华兹华斯无疑，从语气判断，柯尔律治并未打算按他的要求创作。柯尔律治说：如果按华兹华斯的要求创作诗歌，只能

　　呈现出一些片段，一首普通的歌谣体故事，而并非一首完整的作品。（以此为标准的）作品能否成为其文体的成功范例，能否被看作一首有韵律的诗而不显得滑稽，作者对此存有疑问。无论如何，这将不是一首诗，更与作者所了解的诗性语言毫无关系。它的优点，如果非要说出一条的话，应该在于其中

的心理描写。(171)

　　柯尔律治本人的创作动机则很简单：在书中读到有关西印度群岛某种巫术的介绍，十分感兴趣，想以英国为背景讲一个与之相关的故事。这次分歧的结果是，华兹华斯塑造了一位"老水手式"叙述者，以充满想象和夸张的语言为游客讲述三座坟形成的前因后果；而在柯尔律治的诗里，一个心理扭曲的老寡妇用诅咒和巫术毁灭了三个青年男女。可以说，华兹华斯的故事是叙述者想象的结果，柯尔律治的故事是诗人想象的产物。然而，这还不是两位诗人理念分歧的本质。

　　作为诗人的华兹华斯隐藏在叙述者的面具之后，致力于为读者呈现叙述者的情感、心理、性格和对故事的解读。诚如他在1802年《〈抒情歌谣集〉序言》中所言，诗人应"努力想象诗歌中人物的情感，不仅如此，还应该偶尔产生一种幻觉：即把自己的情感与人物的情感等同起来"（WLC 78）。柯尔律治注重描写异域见闻为诗人带来的惊悚、痛苦等精神刺激，故事围绕诗人的私人情感。华兹华斯主张抑制诗人的声音，使用符合叙述者身份的语言，以实现"戏剧性的得体"（WLC 77），柯尔律治则认为"只要选定人物即可，语言不是需要考虑的问题"，执意遵守"诗性的得体"。（Stephen Parrish, "*The Wordsworth – Coleridge Controversy*" 371）柯尔律治认为华兹华斯的做法，势必导致作品的思想、措辞与诗人的身份和学识不符，因而产生文体上的不一致，他称之为文学上的"腹语术"，即"表面上有两个人在说话，实际上只听到一个声音"。（*BL*, II, i35）"诗性的得体"还是"戏剧性的得体"，不仅是《两座坟》前后两部分的差异，也是《老水手谣》和《山楂树》之间的区别。但这仍然不是两位诗人理念分歧的本质。

无节制的想象力成为语言表达的障碍，是《抒情歌谣集》的主题之一。《山楂树》《我们是七个》《傻小子》《兄弟俩》等作品，都反映华兹华斯在以想象为特征的文学叙述和山民淳朴叙述之间的取舍。叙述者们所遭遇的挫败，也表现少年离家的华兹华斯对故乡欲亲近而不能的感伤。如果说华兹华斯诗歌作品，表现出诗人对创作理念自觉反思，柯尔律治则缺少这种自觉，故而沉浸于哥特式的叙述而无法自拔。

究其原因，一方面是柯尔律治对坎伯兰山区缺少华兹华斯的那种乡情，对中下层人民亦缺少情感共鸣。华兹华斯的故事注重传达人生智慧，在人物刻画方面，自然无法像小说那样面面俱到，也因此只创造出具有寓言特点或象征意义丰富的剪影式人物。柯尔律治对想象和自我意识的痴迷，使他更向往纯理性的哲学世界，这不但对家庭矛盾和健康毫无益处，而且更加剧他的痛苦。柯尔律治敦促华兹华斯创作一首哲学史诗，在好友的期待中不堪重负时，华兹华斯并未诉诸哲学或哥特式想象，而是向童年回忆寻求帮助，这段沉思和回忆的结果是《序曲》。《序曲》所讲述的童年"瞬间"，不但描写想象力有益于创作的一面，也表现其巨大的破坏性：假如根植于自然，想象力就能为诗人带来不尽的灵感；而一旦脱离自然、躲进意识成一统，就很可能结出"恶果"，比如"狂热的小说"或"病态而愚蠢的德国式悲剧"，"无聊夸张的韵文故事"或"'诗歌词藻'与陈言套语"。（《英诗的境界》69）

另一个原因是两位诗人语言观和哲学思想方面的深刻差异，这才是两位诗人理念分歧的根源。华兹华斯认为语言来源自然，柯尔律治则相信语言反映心灵中的形象。比如，在1805《序曲》第二卷中（467–478），华兹华斯借用《午夜寒霜》（*Frost at Midnight*）中的描写，称柯尔律治为"在大城市长大，经历很多不同的场景"，尽管不像出身湖区的自己那么热爱自然，依然在"孤独中探寻真理"，是"自然最诚挚的崇拜者"和"兄长"。这段写于第一版《抒情歌谣集》同一时期的诗句，表现出华兹华斯对柯尔律治的极大信任和依赖，也是两位诗人友谊的见证。然而，《午夜寒霜》中的婴儿哈特利，虽拥有无须借助任何媒介便与自然"永恒的语言"相通的能力：

> 但是你，我的宝贝！像微风一样漫步
>
> 在湖畔与沙滩，在巉岩之下
>
> 古老大山之中，你头顶的云朵里，
>
> 映着那无垠的湖与沙滩
>
> 还有那巉岩：于是，你看到听见
>
> 自然之永恒语言那可爱的形体与声音
>
> 清楚的发音，心灵的神
>
> 所说的语言，他从永恒之处教授：
>
> 一切之中的他，他中的一切。

诗句"一切之中的他，他中的一切"，是非常典型的唯心主义表达，与柯尔律治在《文学传记》第12章里的观点一致："人类语言最优秀的部分，之所以优秀，是因为源自于对心灵行为的反映。"

（*BL*，II，54）

1804 年 3 月，为摆脱对鸦片的依赖，尽快恢复健康，柯尔律治乘船到地中海地区的马耳他群岛疗养。华兹华斯将刚刚完稿的《序曲》前五卷赠阅于他，并随后开始后续部分的写作。在第六卷中，华兹华斯追忆柯尔律治的童年和在剑桥求学的青年时期，讲到好友后来的遭遇：失败的婚姻、无望的爱情、病痛，以及诗歌创作的停滞，并将所有不幸归因于他对深奥哲学的追求：

> 心灵为自己提供营养，
> 被迫自给自足地生长，
> 不知餍足地贪求
> 荣耀、热情和唯美。
> （《序曲》第六卷 312－315）

柯尔律治于 1807 年回到湖区，健康和精神状况比之从前更有恶化的趋势。出于对柯尔律治的关心，华兹华斯邀请他与家人一起过冬。在这段时期，柯尔律治阅读了《序曲》余下的部分，却未能如约为华兹华斯提供哲学指导，而是彻底从这项伟大的事业中退出。在《致威廉·华兹华斯》（*To William Wordsworth*）中，他高调赞扬华兹华斯的诗歌成就和天才，并谦卑地拒绝华兹华斯的一再鼓励和邀请。

在《序曲》第六卷的"辛普伦山口"片段中，华兹华斯称包括自己在内的青年一代，被"霸道"的视觉所控制，迷失在层出不穷的理论、革命口号和社会运动中，无暇去思考推动这些现象的必然规律，因而盲目卷入革命浪潮，在革命失败后一蹶不振。《序曲》正是诗人在革命热情遭遇打击、精神与创作陷入危机之时为寻求精神慰藉和人生智慧所做的尝试。《序曲》完工之前，华兹华斯再一次遭遇重大打击：幼弟约翰遭遇海难，好友辛普森一家死于瘟疫，被迫搬出"鸽舍"，与柯尔律治日渐疏远。完成《序曲》并未带来任何安慰，诗人只得通过其他途径寻求帮助——创作《隐士》主体的第二部分《远游》。

《远游》里的独居者与华兹华斯有相似经历：都遭遇失去亲人的痛苦和革命理想的幻灭。此外，与华兹华斯一样，独居者选择远离社会到湖区隐居：

> 人们会发现，独居者代表华兹华斯性格中善于沉思的一面，他的人生境遇，不论在历史事实还是文学表现上，都是华兹华斯的翻版。……可能发生在任何一个出生于18世纪后半叶的个人身上的个性、历史、宗教和哲学方面的各种灾难，都被转嫁到独居者身上，……（华兹华斯）通过对他的救赎，反映对所处时代的某种可能性的希冀。（*WTR* 264）

虽然并未直接参与独居者的人物设计，柯尔律治在1799年为华兹华斯提出的《隐士》一诗的构想中包括这样一条，即希望能有个人物来代表这一代遭遇失望的理想主义者：

> 那些由于法国大革命的彻底失败而对整个人类的进步失去希望，因而陷入某种伊壁鸠鲁式的自私，却以热爱家庭或者蔑

视哲学幻想为自己开脱（的一代人）。(*STCL*，I，527)

因此，在华兹华斯以独居者作为自己最恶劣状态的化身时，或许也考虑过这样一种可能性：即独居者"部分反映了在他眼中日渐堕落的好友；那个在19世纪90年代宣扬激进哲学而让人仰慕的柯尔律治"。(*WTR* 268) 不论是现实生活中的华兹华斯、柯尔律治，还是《远游》中虚构出来的独居者，都属于"后法国大革命时期"的"迷惘的一代"，狄更斯（Charles Dickens）对他们有一段精辟的评语：

> 这些拥有卓越才干和丰富情感的年轻人，无力继续既定的理想，无力疗愈心灵的创伤，无力追求个人的幸福，遭遇挫折后一蹶不振，任凭感伤和忧郁吞噬自己。没有比这更令人难过的事了。(Jones 95)

在《远游》的最后14行，华兹华斯再次希望这首长诗能疗愈那些沉浸在失望与悲痛中的心灵：

> 那衰弱的力量，
> 在与完整心灵的交流中
> 能得到什么复苏；
> 对那些因受伤而
> 沮丧，并习惯性地靠贬低人类获取
> 对自身缺点的借口和安慰的灵魂，

能带来何种程度的疗愈；

那些错误的观点能否有所改变；

是否，这好意并纯净的努力

应该继续；

以上——这快乐的希冀，所引发的

真诚的诗篇，温柔的爱心

珍重，高尚的心灵缅怀，过去——

我未来的辛劳定会继续。

（《远游》第九卷 784－797）

华兹华斯未能疗愈柯尔律治的痛苦，更无力挽救他们的合作关系：柯尔律治已经开始创作从规模和深度上都丝毫不逊色于《序曲》或是《远游》的《文学传记》；华兹华斯为新诗集做准备。《远游》出版之后，华兹华斯并未迎来所企盼的文学地位，诗集所遭受的无情批判，反而为本来就十分脆弱的友谊带来致命一击。华兹华斯恳请柯尔律治暂缓发表《致威廉·华兹华斯》，名义上担心柯尔律治的赞美会招致评论界更强烈的反应，实际上则是希望从此中断与柯氏的合作。华兹华斯的决定本也无可厚非：既然柯尔律治早已不再为创作提供任何哲学指导，他只能拿出一套自己的创作哲学与评论家周旋。

华兹华斯与柯尔律治之间"戏剧性的得体"还是"诗意的得体"的差别，表现在创作理念上，是诗人想象力还是描写对象占据主导的问题，上升到哲学层次，就是诗人应该描写自己的意识、理念还是揭示宇宙的普遍真理，或者诗人如何在作品中理解并处置意识与"存在"关系的问题。这才是分歧的本质。对华兹华斯来说，诗歌的目的在于揭示普遍真理（general truth），因此诗人不能沉醉于个人情感、意志等意识活动，而应当为其中所包含的普遍精神——即与"存在"的联系——而欢呼雀跃，他们应该"乐于思考宇宙运行中所表现出的类似情感和意志，并习惯性地鞭策自己，在它们缺席时仍然为之沉思、表达"。换言之，华兹华斯认为诗人应当"描写那些无须直接的外部刺激而在（心灵中）产生（的思想与情感)"（*WLC* 78）。不仅如此，诗人还要剔除这些情感中令人痛苦、不适的成分，作为诗人自己想象力的表现，这些成分只能阻碍对普遍真理的发现和揭示。比如在《山楂树》中，不可靠叙述者老水手的想象，在某种程度上减弱了故事的悲剧性，有助于读者领会故事的主旨。欧文（W. J. B. Owen）认为这与华兹华斯在《墓志铭随笔》中表达的语言观异曲同工：作为对逝者人生的回顾，墓志铭略去许多令生者不快的细节，其勾勒式的描写更容易突出逝者性格中甜美的部分。（*Wordsworth as Critic* 89）

第二节　浪漫主义与东方哲学

尽管在语言的本源问题上意见相左，华兹华斯与柯尔律治却同时意识到语言表达的不足性。柯尔律治的《伊俄勒斯之琴》（*The Eolian Harp*）中有这样两句："远处大海静默地低语，向我们诉说无声的秘密。"迈克尔·奥尼尔（Michael O'Neill）认为这两行诗的关键词是"诉说"（tells），而"无声"（silence）这个词，尽管哲学性稍弱一些，却是浪漫主义诗歌用以描写"绝对""神圣"的典型表述。浪漫派诗人认为，"尽管语言只能'诉说''绝对'，但假若没有这种以语言为媒介的讲述，人们将永远不可能意识到'无声'的'存在'"（O' Neill 14）。

其他浪漫派诗人在语言的表达能力上也持有类似观点。在《诗辩》（*A Defence of Poetry*）中，雪莱（Percy Bysshe Shelley）把诗人在创作过程中的心灵比作逐渐熄灭的煤炭：

> 受到一种看不见的能量的影响，这能量就像变化无常的风，唤醒心灵并使之展现瞬间的辉煌：这能量来自心灵自身，像鲜花一样随时间流逝而变化枯萎，我们的意识无法预知其降临和离去。这能量，若以原本的纯度和强度继续发挥作用，其影响之大将无可限量；不幸的是，创作一旦开始，灵感就陷入衰退，因此，即便是诗人所传递给世界的最宏伟的诗篇，也恐怕只能是诗人最初设想的苍白的影子。（Richter 360）

浪漫派诗人常常在作品中承认语言表达的局限性，并暗示无法言说之幻像的存在。雪莱在《灵中灵》（"*Epipsychidion*"）一诗中写道：

> 我的灵魂借助语言之翼飞翔，
> 试图穿行至罕见的爱之天宇，
> 热情之火被语言这铅作的锁链拖累——
> 我喘息，下坠，颤抖，死去。

拜伦（Lord George Byron）在《哈罗尔德游记》 （*Childe Harold's Pilgrimage*）中也表达同样的无奈：

> 此时最强烈的感受
> 若能表述并抒发，——我的思想
> 若能痛快地传达，我一定要
> 将灵魂、内心、头脑、热情、感受，无论强弱
>
> 将我所拥有的和希望拥有的一切，
> 所忍受、知道和感觉的一切，——
> 合并成一个词语，若它是闪电，我将予以言说；
> 但它是它，我因此无法表达，生前和死后都如此。
> 只能用无声的思想，作它的剑鞘。

济慈（John Keats）在《希腊古瓮曲》①（*Ode on a Grecian Urn*）中描写古瓮画师描绘的场景，感叹其中蕴含一种语言无法企及的真和美。

> 你是"平静"的还未曾失身的新娘，
> 你是"沉默"和"悠久"抱养的女孩，
> 林野的史家，你赛过我们的词章，
> 讲一篇花哨的故事这样有文采；

---

① 卞之琳. 英国诗选［M］. 北京：商务印书馆，1996：160－165.

古瓮画中乐师吹奏的音乐，虽然"无声"，却更美：

> 听见的乐调固然美，无从听见的
> 却更美；柔和的笛管，继续吹下去，
> 不对官能而更动人爱怜的
> 对灵魂吹你们有调无声的仙曲：

画中"静默的形体"（silent form），像"永恒"（eternity）引导我们超越世俗的忧虑。诗人感受到画中的"永恒""美"和"真"，却不知如何用语言传达，只能自我安慰道："这就是／你们在地上所知和须知的一切"。张隆溪对神秘主义哲学的描述，或许也可以用在这里："词和意象就像被弄得模糊的迹印或经过刮写的羊皮纸，透过它，人们无望地试图看到那最后的所指，因为这才是最重要的事情。"（《道与逻各斯》70）

海德格尔以"六经注我"① 的形式，借助大量诗歌文本阐释其哲学思想，德国浪漫主义诗人荷尔德林是他最"宠爱"的诗人之一。在《荷尔德林和诗的本质》一书中，海德格尔引用了一段诗人关于语言的论述：

> 人保存精神，一如女巫保持天神的火焰；…… 因此人被赋予语言，那最危险的财富，人借语言创造、毁灭、沉沦，并且向永生之物返回，向主宰和母亲返回，人借语言见证其本

---

① 语出自宋·陆九洲《语录》"或问先生，何不著书？对曰：六经注我，我注六经。"大意是利用六经的观点阐述自己的思想。

质——人已受惠于你，领教于你，最神性的东西，那守护一切
的爱。(37)

　　海德格尔借荷尔德林之口，道出语言诡谲多变的特性，这"最
危险的财富"可用于"创造"，也能带来"毁灭"，但永远"向永
生之物返回"，也就是说，诗人永远在通向完美语言的途中，在表
达永恒真理的途中。

　　海德格尔用德国诗人斯蒂芬·格奥尔格（Stefan Anton George）
的作品《词语》，来说明诗人这种"知其不可而为之"的壮举。诗
人得到一个奇迹的暗示，感觉这是一颗丰富而细腻的宝石，希望从
远古女神的"渊源深处"找到恰当的名称，这样一来，诗人所经过
之处，将在"奇迹"的照耀下而"万物欣荣生辉"。女神的回答令
他失望："如此，在渊源深处一无所有。"接下来发生的事十分
突然：

　　　　那宝石因此逸离我的双手
　　　　我的疆域再没有把宝石赢获……

　　　　我于是哀伤地学会了弃绝：
　　　　词语破碎处，无物可存在。①

　　因为无法为"奇迹"命名而失落"宝石"，哀伤的诗人由此获

---

① 海德格尔. 在通向语言的途中［M］. 孙周兴，译. 北京：商务印书馆，2004：
　149－150.

得经验："词语破碎处，无物可存在。"也就是说，无法被命名的东西必将无法为自己掌握。但诗人学会了"弃绝"，即不再为无法臻于完美而伤感，因为他相信，"诗意的事物"必然"从自身而来自为地、十分真实可靠地"存在，诗人将致力于"寻找一个描述和表达它们的词语"。（《在通向语言的途中》160）

华兹华斯与其他浪漫派诗人之间的契合，说明对语言表达不足性的讨论，是浪漫主义时期的普遍现象。正如雪莱在《诗辩》中所言，在这些集哲学思想与诗歌创作才能于一身的诗人身上，人们看到"时代的精神"（Richter 363）。亚伯拉姆斯认为，这种精神也体现在德国的浪漫主义文学家和哲学家身上。（NS 12）那么，华兹华斯与海德格尔，一个是19世纪的浪漫派诗人，一个是20世纪的著名哲学家，他们思想之间的默契，应该如何解释？不但如此，海德格尔的哲学，与中国的道家思想也有许多相通之处：海德格尔曾经在中国学者萧师毅的协助下试图翻译《道德经》；前期哲学思想中的"存在"说和后期的"大道"说都可以在《道德经》《淮南子》等中国道教著作中找到对应的说法。海德格尔对德国浪漫主义诗人荷尔德林的推崇使这位先前寂寂无闻的诗人突然名声大噪，这也许并非偶然，也许正因为荷尔德林是预言家诗人，他已经先行思考了"存在"与语言关系的真理。对哈特曼来说，实际上正文部分也论证了这一点，华兹华斯是英国浪漫主义时期的"海德格尔"。也许海德格尔借翻译《道德经》之际借鉴中国道家思想，而华兹华斯、荷尔德林与海德格尔的关系可以毫无悬念地追溯到英德浪漫主义时期的思想争鸣。

《圣经》中关于语言堕落的原因有两种说法：一个是人类始祖

偷食禁果被赶出伊甸园，从此失去上帝的语言，或者那种包涵物本身的命名；浪漫主义诗人从《圣经》或弥尔顿等讲述《圣经》故事的作品中继承堕落 - 救赎的模式，让"神启变成自然的启示，自然物与景色作为这种启示的语言文字，代表、传达持续变化的意义"；截然相反两种景色特征——秀美与壮美，被用来"表示一种无法参透的真理"，一种关于"黑暗与光明，恐惧与和平"，以及其他"组成人类生存状态"的真理。(*NS* 107)

另一种说法是巴别塔的故事。据《创世纪》记载，人类曾经说着一种"整体性的"（holistic）"统一的"（universal）语言，这里的整体性应该是融所指与能指或者词与物为一体的语言。他们的交流毫无障碍，他们的合作天衣无缝，他们的目的是要建立一座通天的巴别塔，借之窥探天堂的奥秘。上帝为人类的野心担忧，于是将他们分散在世界各处，让他们说着不同的语言。最终，由于交流障碍，人类建造巴别塔的计划被迫终止。两个故事之间并无必然联系：在第二个故事中，亚当的子民也许仍然保留上帝的语言，直至上帝强加给的"语言的混乱"；或者巴别塔时期的语言正在堕落，上帝只是加快其进程。

无论如何，对语言不足性的认识，是一个包含东方与西方、英国与德国、以及 19 世纪与后现代等诸多方面的问题，假若以巴别塔的故事模式来思考，会得到一个浪漫的答案。自从上帝打乱人类的语言并将他们分散到世界的不同角落，人类就已经失去了往日的辉煌，但他们一直在尝试重获丢失了的"整体性"的语言。这种语言存在于自然之中，无时无刻不在显现自身；人类必须以谦逊的姿态和沉默的方式融入其中，才能短暂地领会其奥妙，接收其讯息，也就是《老子》中所说的"安以久，动之徐生"。海德格尔借用荷尔德林的"诗意地栖居"，华兹华斯发明了"呼应的和风"以及中国的道家思想都在谈如何打破意识与自然的二元论，如何实现人与自然的融合。

正如海德格尔赋予诗人言说"不可言说"之"存在"的使命，华兹华斯认定伟大的诗人要做预言家，做人类和时代的先知讲述那些带来创作灵感的不可见的"存在"。既然不可见，就无法用公共的词语、符号、象征或动作描述。华兹华斯决定进入那同样在语言无法触及之所的内心世界的迷宫，在"沉默的诗人"的影响下，让内心世界与自然相通，并借此表述自然中的意义和精神。这项使命难度很大，他说："阿基米德说过只要给他的机械一个支点他就能撬起这个世界。说起自己的心灵谁没有同样的抱负呢？"（*PW*，4，464）

在《圣经》中，先知受到上帝的教导，再传教给信徒，但两种教导之间存在区别，后者远没有上帝的教义那样丰富。华兹华斯在《序曲》中把微风作为开篇祈福的对象，诗人是自然的使者，将和风代表的自然的信息传给世界。同样，诗人的文字也只能接近而不可与自然的语言等同。遗憾的是，这是人类感受"存在"的唯一方式。"道说"是传说中原初的宇宙语言，这种人类堕落之前的语言（prelapsarian），让人类与上帝以及人类之间毫无障碍地交流。"道说"语言或多或少象征了原始的逻各斯，上帝在字面意思上"说出一个词"就能立即召唤物出现。乔治·斯坦纳（George Steiner）在《巴别塔之后》（*After Babel*：*Aspects of Language and Translation*）一书中说："这种伊甸园的文本也许只是以无声的音调包含了一种

神性的句法，——一种在能量上类似于与上帝本人用词的声明与名声，只要叫出物的名称就必要而且足以使此物变为现实。"(58)

按照堕落—救赎的故事模式，诗人的一只脚已在天堂之外，因此只能在被动中等待与自然的交流。在自然微风的启示下，诗人心中荡起一阵"呼应的和风"，诗人心灵对自然之风发生感应，就像"接收到神或者缪斯的风或呼吸"(*ERP* 45)，于是"有节奏的诗句自发从内心涌出"，发自内心的"回响"完善了自然微风的"质朴之声"。(《序曲》第一卷 60 – 65)华兹华斯的比喻赋予诗歌语言一种功能，通过揭示人物的内心世界，让他们成为无形的精神的可见的符号。亚伯拉姆斯在《自然的超自然主义》(*Natural Supernaturalism*)一书中，有一段著名的描写：

> 自然之物进入、流动、被接收、并沉入心灵，而心灵栖居其中、获取营养、吸收、与之交流，并将自身与外界之物编织、缠绕、维系、捆绑，直到二者合而为一。(281)

他在这里模仿华兹华斯，说明诗人如何运用日常词汇和比喻描写自然与心灵以及客体与主体的互动如何催生出杰出的诗作。正如华兹华斯在 1802 年《序言》中所言：

> 他们（诗人）与什么相联系？毫无疑问与我们的道德情操和动物感觉，与激发它们的力量；与宇宙要素的活动与表现；与风暴和阳光，与四季的轮回，与冷热交替，与失去亲友之痛，与伤害仇恨，感恩希望，恐惧悲伤。(*WLC* 82)

《抒情歌谣集》所描写的不善言辞的山民，是"沉默的诗人"，因为其"聪悟的被动"（wise passiveness）而更接近于语言的本源。在《序曲》（*The Prelude*）中，当诗人为自然的神秘力量所震撼，也用"寂静""无声"等词汇来形容自己的体验。《序曲》讲述的诗人的一生，可以说是一段通向"不可言说不可捉摸不可表达"的"存在"的旅程，巧合的是，华兹华斯在 1839 年完成诗稿时，为之命名曰《题目未定》。探讨《序曲》中用以描述想象力的词汇，便可了解诗人是如何"明智地"表达那"藏在语言无法触及之处"的意义。（《序曲》第三卷 185）

华兹华斯认为，诗人应该作为自然的使者和先知，"回忆并且呈现""原始文本"（Urtext）中已经和未曾言说的暗示。（Metzger 123）此处的"原始文本"，指的就是"存在"的"道说"，诗人用作诗记录下对它的体验。墓志铭无法完整呈现逝者的生活和身体，诗歌也不能准确地再现自然；但是，墓志铭寥寥几笔即可传达逝者的"精神"、勾勒逝者高尚、圣洁的灵魂，诗歌也可用看似无所作为的"静寂""死亡"传达"存在"的信息。正如章燕在《试论华兹华斯诗歌中非理性想象因素及其折射出的语言观》一文中所言：

> 华兹华斯向人们暗示，在一定程度上，缺失的语言存在反而促进并扩展了意义的传达。诗人在缺失的语言和空白的音乐中理解了语言和音乐的多种意义，缺失的语言让诗人展开想象，展开解读，并引发读者与他一起在此间进行意义的多重阐释。进一步说，上帝阻止人们造通巴别塔本来是为了阻止人们进行交往和沟通，而这里，语言的不通，或者语言的缺失则成

为上帝的恩赐，一种失中的所得。（90）

陆机《文赋》中的这几句话，"恒患意不称物，文不逮意。盖非知之难，能之难也"，说的就是诗人的这种状态。诗人意识到神秘的"存在"，感受到其召唤，苦于无法用语言准确描述。因为

　　诗人使用的语言——所有那些构成他语言的词、意象和譬喻——都深深植根于具体事物的有形世界。转化的困难，……乃是由于不可避免的人类局限，即我们"仍然抓住有形的东西不放"；我们的语言仍然依赖于物质的东西，把他作为象征与指代力量的终极来源。在这样的意义上，诗人也如哲学家的神秘主义者一样，发现自己面临的困难是用无力的语言去表达语言之外的东西——去说那不可说的一切。（《道与逻各斯》109）

《庄子·知北游》中说"辩不若默，道不可闻"，沉默、无言并非无所作为，而是诗歌在"道说"和"人说"裂缝中发挥作用的方式。张隆溪在评价陶渊明的时候说，"诗人可以用负面的表达，用富于暗示性的沉默来更好地表达"，"先肯定这里有真意，而后却让它得不到说明"，是保证诗歌拥有真知的唯一方式。（《道与逻各斯》177）这句话也可以用来说明华兹华斯的诗论和作品：因为，"浪漫派诗人相信，只有艺术才能带我们走近'无法言说的真相'。"（O'Neill 13）

参考文献

一、外文著作

［1］ Aarsleff, Hans. Wordsworth, Language, and Romanticism ［J］
. *Essays in Criticism* 30 （1980）: 215 – 226.

［2］ Aarsleff, Hans. *From Locke to Saussure: Essays on the Study of Language and Intellectual History* ［M］. Minneapolis: U of Minnesota P, 1982.

［3］ Abram, David. *The Spell of the Sensuous: Perception and Language in a More-Than-Human World* ［M］. New York: Vantage Books, 1996.

［4］ Abrams, M. H. "The Correspondent Breeze: A Romantic Metaphor" ［M］// *English Romantic Poets: Modern Essays in Criticism* Ed. M. H. Abrams. New York: Oxford UP, 1960: 37 – 54.

［5］ Abrams, M. H. *Natural Supernaturalism: Tradition and Revolution in Romantic Literature* ［M］. New York: Norton, 1971.

［6］ Alpers, Paul. *What is Pastoral?* ［M］. Chicago: Chicago UP, 1996.

［7］ Anderson, Greta. "The End of 'To William Wordsworth':

A Critical Beginning. " 　 [J]. *The Wordsworth Circle*, Vol. 26, No. 3 (Summer 1995): 159 – 161.

[8] Averill, James H. *Wordsworth and the Poetry of Human Suffering* [M]. Ithaca: Cornell UP, 1980.

[9] Baron, Michael. *Language and Relationship in Wordsworth's Writing* [M]. London and New York: Routledge, 1995.

[10] Barrel, John and John Bull, eds. *The Penguin Book of English Pastoral Verse* [M]. New York: Penguin Books, 1982.

[11] Bate, Jonathan. *Shakespeare and the English Romantic Imagination* [M]. Oxford: Oxford UP, 1986.

[12] Bate, Jonathan. *Romantic Ecology: Wordsworth and the Environmental Tradition* [M]. London: Routledge, 1991.

[13] Bate, Jonathan. *The Song of the Earth* [M]. London: Picador, 2001.

[14] Beer, John. *Romanticism, Revolution and Language: The Fate of the Word from Samuel Johnson to George Eliot* [M]. New York: Cambridge UP, 2009.

[15] Beiser, Frederick C. *The Romantic Imperative: The Concept of Early German Romanticism* [M]. Cambridge: Harvard UP, 2006.

[16] Bialostosky, Don H. *Making Tales: Poetics of Wordsworth's Narrative Experiments* [M]. Chicago: U of Chicago P, 1984.

[17] Bishop, Jonathan. "Wordsworth and the Spots of Time. " [J] *ELH* 26 (1959): 45 – 65.

[18] Blank, G. Kim. *Wordsworth's Influence on Shelley: A Study of Poetic Authority* [M]. New York: Palgrave Macmillan, 1988.

[19] Blank, G. Kim, ed. *The New Shelly: Later Twentieth – Cen-*

tury Views〔M〕. New York：Palgrave Macmillan，1991.

〔20〕Bloom，Harold. *The Visionary Company：A Reading of English Romantic Poetry*〔M〕. Ithaca：Cornell UP，1971.

〔21〕Bloom，Harold，et al. *Deconstruction and Criticism*〔M〕. London and Henley：Routledge & Kegan Paul，1979.

〔22〕Bloom，Harold，ed. *William Wordsworth's The Prelude*〔M〕. New York：Chelsea House，1986.

〔23〕Bloom，Harold，ed. *English Romantic Poetry*〔M〕. New York：Chelsea House，2004.

〔24〕〔JP2〕Bloom，Harold，ed. *Bloom's Modern Critical Views：William Wordsworth*〔M〕.〔JP〕updated edition. New York：Chelsea House，2007.

〔25〕Bloom，Harold，ed. *Bloom's Classic Critical Views：William Wordsworth*〔M〕. New York：Chelsea House，2009.

〔26〕Borlik，Todd A. *Ecocriticism and Early Modern English Literature：Green Pastures*〔M〕. New York and London：Routledge，2011.

〔27〕Bostetter，Edward E. *The Romantic Ventriloquists：Wordsworth，Coleridge，Keats，Shelley，Byron*〔M〕. Seattle：U of Washington P，1963.

〔28〕Bowie，Andrew. *From Romanticism to Critical Theory：The Philosophy of German Literary Theory*〔M〕. New York：Routledge，1997.

〔29〕Bradford，Richard. *A Linguistic History of English Poetry*〔M〕. London and New York：Routledge，1993.

〔30〕Bradley，A. C. *Oxford Lectures on Poetry*〔M〕. London：Macmillan，1963.

[31] Buell, Lawrence. *The Environmental Imagination*: *Thoreau*, *Nature Writing*, *and the Formation of American Culture* [M]. Cambridge: Harvard UP, 1995.

[32] Bushell, Sally. *Re - Reading The Excursion*: *Narrative*, *Response and the Wordsworthian Dramatic Voice* [M]. New York: Routledge, 2016.

[33] Butler, James A. "Wordsworth's Tuft of Primroses: 'An Unrelenting Doom'" [J]. *SIR* 14. 3 (Summer 1975): 237 - 248.

[34] Butler, James A. "Wordsworth, Cottle, and the Lyrical Ballads: Five Letters, 1797 - 1800" [J]. *Journal of English and German Philology* 75 (1976): 139 - 153.

[35] Butler, James A. ed. *The Ruined Cottage and The Pedlar by William Wordsworth* [M]. Ithaca and New York: Cornell UP, 1979.

[36] Butler, James A. "Tourist or Native Son: Wordsworth's Homecomings of 1799 - 1800" [J]. *Nineteenth - Century Literature*, Vol. 51, No. 1 (June1996): 1 - 15.

[37] Byron, Lord George. *Lord Byron*: *Complete Poetical Works* [M]. Ed. Jerome J. McGann. (7 vols.) Oxford: Clarendon Press, 1980 - 1993.

[38] Cassier, Ernst. *Language and Myth* [M]. Trans. Susanne K. Langer. New York: Dover Publications Inc, 1946.

[39] Cerbone, David R. *Heidegger*: *A Guide for the Perplexed* [M]. London: Continuum, 2008.

[40] Chaouli, Michel. *The Laboratory of Poetry*: *Chemistry and Poetics in the Work of Friedrich Schlegel* [M]. Baltimore: Johns Hopkins UP, 2002.

[41] Clare, John. *Selected Poetry* [M]. Ed. Geoffrey Summerfield. London: Penguin Books, 1990.

[42] Clark, Timothy. *Derrida, Heidegger, Blanchot: Sources of Derrida's Notion and Practice of Literature* [M]. Cambridge: Cambridge UP, 1992.

[43] Clark, Timothy. *The Cambridge Introduction to Literature and the Environment* [M]. Cambridge: Cambridge UP, 2011.

[44] Clarke, Bruce. "Wordsworth's Departed Swans: Sublimation and Sublimity in Home at Grasmere" [J]. *SIR* 19. 3 (Fall 1980): 355 – 374.

[45] Class, Monika. *Coleridge and Kantian Ideas in England, 1796 – 1817: Coleridge's Responses to German Philosophy* [M]. London: Bloomsbury, 2014.

[46] Coburn, Kathleen, ed. *The Notebooks of Samuel Taylor Coleridge* [M]. (4 vols.) New York: Pantheon, 1957 –.

[47] Coleridge, Samuel Taylor. *Sibyline Leaves: A Collection of Poems* [M] (reprint). New York: Dolphin Books, 1817.

[48] Coleridge, Samuel Taylor. *The Works of Samuel Taylor Coleridge: Prose and Verse* [M]. Philadelphia: Crissy & Markley, 1853.

[49] Coleridge, Samuel Taylor. *Shakespearean Criticism* [M]. Ed. Thomas Middleton Raysor. London: J. M. Dent, 1960.

[50] Coleridge, Samuel Taylor. *Logic* [M]. Ed. J. R. de J. Jackson. Princeton: Princeton UP, 1981.

[51] Coleridge, Samuel Taylor. *Biographia Literaria* [M]. Eds. James Engell and W. Jackson Bate. (2 vols.) Princeton: Princeton UP, 1983.

［52］ Connor, Stephen, ed. *The Cambridge Companion to Post-modernism* ［M］. Cambridge: Cambridge UP, 2004.

［53］ Conrad, Peter. *Everyman History of English Literature* ［M］. London: J. M. Dent, 1985.

［54］ Cooper, Andrew M. *Doubt and Identity in Romantic Poetry* ［M］. New Haven: Yale UP, 1988.

［55］ Cronon, William, ed. *Uncommon Ground: Rethinking the Human Place in Nature* ［M］. New York: W. W. Norton & Company, 1996.

［56］ Curtis, Jared R. *Wordsworth's Experiments with Tradition: the Lyric Poems of* 1802 ［M］. Ithaca: Cornell UP, 1971.

［57］ Danby, John F. *The Simple Wordsworth: Studies in the Poems* ［STBX］ 1797 – 1807 ［M］. London: Routledge, 1960.

［58］ Darlington, Beth, ed. *"Home at Grasmere": Part First, Book First, of "The Recluse"* ［M］. Ithaca: Cornell UP, 1977.

［59］ De Man, Paul. *Blindness and Insight: Essays in the Rhetoric of Contemporary Criticism* ［M］. 2nd edition. Minneapolis: U of Minnesota P, 1983.

［60］ De Man, Paul. *The Rhetoric of Romanticism* ［M］. New York: Columbia UP, 1984.

［61］ De Man, Paul. *The Post – Romantic Predicament* ［M］. Ed. Martin McQuillan. Edinburgh: Edinburgh UP, 2012.

［62］ Derrida, Jacques. *Of Grammatology* ［M］. Trans. Gayatri Chakravorty Spivak. Baltimore: The Johns Hopkins UP, 1997.

［63］ Eckhart, Meister. *Meister Eckhart: A Modern Translation* ［M］. ［JP2］ Trans. Raymond Bernard Blaknery. New York: Harper &

Brothers, 1941. [JP]

[64] Eilenberg, Susan. *Strange Power of Speech: Wordsworth, Coleridge, and Literary Possession* [M]. Oxford: Oxford UP, 1995.

[65] Elfenbein, Andrew. *Romanticism and the Rise of English* [M]. Stanford: Stanford UP, 2009.

[66] Empson, William. *Some Versions of Pastoral* [M]. London: Chatto & Windus, 1950.

[67] Ferguson, Frances. *Wordsworth: Language as Counter - Spirit* [M]. New Haven: Yale UP, 1977.

[68] Ferguson, Frances. *Solitude and the Sublime: Romanticism and the Aesthetics of Individuation* [M]. New York: Routledge, 1992.

[69] Finch, John Alban. "Christopher Wordsworth and the Text of Home at Grasmere" [J]. *The Wordsworth Circle* 3 (1972): 179 - 180.

[70] Frank, Manfred. *The Philosophical Foundations of Early German Romanticism* [M]. Trans. Elizabeth Millán - Zaibert. Albany and New York: State U of New York P, 2004.

[71] Fry, Paul H. "Wordsworth's Severe Intimations." [M] // *Bloom's Modern Critical Views: William Wordsworth.* Ed. Harold Bloom. New York: Chelsea House, 2007: 67 - 88.

[72] Galperin, William. *Revision and Authority in Wordsworth: the Interpretation of a Career* [M]. Philadelphia: U of Pennsylvania, 1989.

[73] Garrard, Greg. *Ecocriticism* [M]. London and New York: Routledge, 2004.

[74] Gaull, Marilyn. *English Romanticism: the Human Context*

［M］. New York: W. W. Norton & Company, 1988.

［75］ Gerard, Albert S. "Of Trees and Men: the Unity of Wordsworth's The Thorn" ［J］. *Studies in Romanticism* 14 (1964): 237 – 255.

［76］ Gifford, Terry. *Pastoral* ［M］. London and New York: Routledge, 1999.

［77］ Gifford, Terry. *Green Voices: Understanding Contemporary Nature Poetry* ［M］. Nottingham: Critical, Cultural and Communications Press, 2011.

［78］ Gill, Stephen. *William Wordsworth: A Life* ［M］. Oxford: Clarendon Press, 1989.

［79］ Gill, Stephen. *William Wordsworth's "Prelude": A Casebook* ［M］. Cambridge: Cambridge UP, 1991.

［80］ Gill, Stephen, ed. *The Cambridge Companion to Wordsworth* ［M］. Cambridge: Cambridge UP, 2003.

［81］ Gill, Stephen. "Wordsworth and the River Duddon" ［J］. *Essays in Criticism* Vol. 57, 2007: 22 – 47.

［82］ Gill, Stephen. *Wordsworth's Revisitings* ［M］. Oxford: Oxford UP, 2011.

［83］ Griggs, Leslie, ed. *The Collected Letters of Samuel Taylor Coleridge* ［M］. (6 vols.) Oxford: Oxford UP, 1956 – 1971.

［84］ Hartman, Geoffrey. "A Poet's Progress: Wordsworth and the 'Via Naturaliter Aegativa'" ［J］. *Modern Philology* 59 (3). Chicago: The U of Chicago P, 1962: 214 – 224.

［85］ Hartman, Geoffrey. *Wordsworth's Poetry: 1787 – 1804* ［M］. New Haven: Yale UP, 1971.

［86］［JP3］Hartman, Geoffrey. *The Unremarkable Wordsworth* [M]. London: Methuen, 1987.［JP］

［87］Hartman, Geoffrey. "'Was it for this …?': Wordsworth and the Birth of the Gods." [M] // *Romantic Revolutions: Criticism and Theory*. Eds. Kenneth R. Johnston, et al. Bloomington: Indiana UP, 1990: 8 - 25.

［88］Harvey, W. J., and Richard Gravil, eds. *Wordsworth: The Prelude* [M]. London: Macmillan, 1972.

［89］Hazlitt, William. *Spirit of the Age Or Contemporary Portraits*, Vol. 1. [M] London: H. Colburn, 1825.

［90］Hazlitt, William. *Essays on Poetry* [M]. Ed. D. Nichol Smith. Edinburgh and London: William Blackwood and Sons, 1901.

［91］Heaney, Seamus. *Preoccupations: Selected Prose* [STBX] 1968 - 1978 [M]. London: Faber and Faber, 1980.

［92］Heidegger, Martin. *Unterwegszur Sprache* [M]. Pfullingen: Neske, 1959.

［93］Heidegger, Martin. *H? lderlins Hymnen "Germanien" und "Der Rhein"* [M]. Ed. Susanne Ziegler. Frankfurt Am Main: Vittorio Klostermann, 1980.

［94］Heidegger, Martin. *Contributions to Philosophy* [M]. Trans. Parvis Emad and Kenneth Maly. Bloomington: Indiana UP, 1999.

［95］Hickey, Alison. "Wordsworth's The Prelude and The Excursion" [M] // *The Cambridge History of English Poetry*. Ed. Michael O' Neill. Cambridge: Cambridge UP, 2010: 470 - 486.

［96］H? lderlin, Friedrich. *Essays and Letters on Theory* [M].

Ed. and Trans. Thomas Pfau. Albany and New York: State U of New York P, 1988.

[97] Jacobus, Mary. *Tradition and Experiment in Wordsworth's Lyrical Ballads* (1798) [M]. Oxford: Oxford UP, 1976.

[98] Jacobus, Mary. "Wordsworth and the Language of the Dream" [J]. *ELH*, Vol. 46, No. 4 (Winter 1979): 618 – 644.

[99] Jacobus, Mary. *Romantic Things: A Tree, A Rock, A Cloud* [M]. Chicago and London: The U of Chicago P, 1992.

[100] Johnston, Kenneth. "Home at Grasmere: Reclusive Song" [J]. *Studies in Romanticism*, 14 (Winter 1975): 1 – 28.

[101] Johnston, Kenneth. *Wordsworth and "The Recluse"* [M]. New Haven: Yale UP, 1984.

[102] Johnston, Kenneth. *The Hidden Wordsworth* [M]. New York: W. W. Norton, 2001.

[103] Johnston, Kenneth. "Wordsworth's *Excursion*: Route and Destination." [J] *The Wordsworth Circle*, Vol. 45, No. 2 (Spring 2014): 106 – 113.

[104] Jones, Colin, Josephine McDonagh, and Jon Mee, eds. *"A Tale of Two Cities" and the French Revolution* [M]. New York: Palgrave Macmillan, 2009.

[105] Keach, William. *Arbitrary Power: Romanticism, Language, Politics* [M]. Princeton: Princeton UP, 2004.

[106] Keach, William. "Rhyme and Arbitrariness of Language." [M] //*English Romantic Poetry*. Ed. Harold Bloom. New York: Chelsea House, 2004: 129 – 148.

[107] Keach, William. "Romanticism and Language." [M] //

The Cambridge Companion to British Romanticism (2nd edition). E-d. Stuart Curran. Cambridge: Cambridge UP, 2010: 95 – 119.

[108] Land, Stephen K. "The Silent Poet: An Aspect of Wordsworth's Semantic Theory" [J] . *University of Toronto Quarterly*, 52 (Winter 1973): 157 – 169.

[109] Leavis, F. R. "Wordsworth: the Creative Conditions" [M] // *Twentieth – Century Literature in Retrospect.* Ed Reuben A. Brower. Cambridge: Harvard UP, 1971: 323 – 341.

[110] Levinson, Marjorie. *Wordsworth's Great Period Poems: Four Essays* [M] . Cambridge: Cambridge UP, 1986.

[111] Lindenberger, Herbert. *On Wordsworth's "Prelude"* [M]. Princeton: Princeton UP, 1963.

[112] Liu, Alan. "Wordsworth: the History in 'Imagination'." [J] *ELH*, 51 (1984): 505 – 548.

[113] Locke, John. *The Works of John Locke* [M] . (10 vols.) Dublin: Thomas Tegg, 1823.

[114] Loughrey, Bryan, ed. *The Pastoral Mode* [M] . London: Palgrave Macmillan, 1984.

[115] Magnuson, Paul. "Book Reviews" [J] . *The Yearbook of English Studies*. Vol. 10, *Literature and Its Audience*, *Special Number* (1980): 294 – 296.

[116] Magnuson, Paul. *Coleridge and Wordsworth: A Lyrical Dialogue* [M] . Princeton: Princeton UP, 1988.

[117] McFarland, Thomas. *Romanticism and the Forms of Ruin: Wordsworth, Coleridge, and Modalities of Fragmentation* [M]. Princeton: Princeton UP, 1981.

[118] McFarland, Thomas. "Wordsworth's Best Philosopher. " [J] *The Wordsworth Circle* 13 (1982): 59 – 68.

[119] McGavran, James Holt Jr. "The 'Creative Soul' of 'The Prelude' and the 'Sad Incompetence of Human Speech'" [J] . *Studies in Romanticism*, Vol. 16, No. 1, *Romanticism and Language* (Winter 1977): 35 – 49.

[120] Manning, Peter. *Reading Romantics: Text and Context.* [M] New York: Oxford UP, 1990.

[121] Marx, Leo. *The Machine in the Garden: Technology and the Pastoral Ideal in America* [M] . New York: Oxford UP, 1964.

[122] McEathron, Scott. "Wordsworth, Lyrical Ballads , and the Problem of Peasant Poetry" [J] . *Nineteenth Century Literature* , Vol. 54, No. 1 (June 1999): 1 – 26.

[123] Mckusick, James C. *Green Writing: Romanticism and Ecology* [M] . New York: Palgrave Macmillan, 2010.

[124] Mead, Marian. "Wordsworth's Eye" [J]. *PMLA*, Vol. 34, No. 2 (1919): 202 – 224.

[125] Metzger, Lore. *One Foot in Eden: Modes of Pastoral in Romantic Poetry* [M] . Chapel Hill: U of North Carolina P, 1986.

[126] Michelfelder, Diane P. and Richard E. Palmer, eds. *Dialogue and Deconstruction: the Gadamer – Derrida Encounter* [M] . New York: State U of New York P, 1989.

[127] Miller, J. Hillis. "The Stone and the Shell: The Problem of Poetic Form in Wordsworth's Dream of the Arab" [M] // *Untying the Text: A Post – Structuralist Reader.* Ed. Robert Young. Boston: Routledge, 1981: 244 – 265.

［128］Nassar, Dalia, ed. *The Relevance of Romanticism: Essays on German Romantic Philosophy* ［M］. New York: Oxford UP, 2014.

［129］Nemoianu, Virgil. *The Taming of Romantics: the European Literature and the Age of Biedermeier* ［M］. Cambridge: Harvard UP, 1984.

［130］Newlyn, Lucy. *Reading, Writing, and Romanticism: the Anxiety of Reception* ［M］. Oxford: Oxford UP, 2003.

［131］Norris, Christopher. *Deconstruction: Theory and Practice* ［M］. London: Methuen, 1982.

［132］O'Neill, Michael. "'Wholly Incommunicable by Words': Romantic Expressions of the Inexpressible" ［J］. *The Wordsworth Circle*, Vol. 31, No. 1 (Winter 2000): 13－20.

［133］Onorato, Richard J. *The Character of the Poet: Wordsworth in "The Prelude"* ［M］. Princeton: Princeton UP, 1971.

［134］Owen, W. J. B. *Wordsworth as Critic* ［M］. London: Oxford UP, 1969.

［135］Owen, W. J. B, ed. *Wordsworth's Literary Criticism* ［M］. London: Routledge & Kegan Paul, 1974.

［136］Parrish, Stephen Maxfield. "'The Thorn': Wordsworth's Dramatic Monologue" ［J］. *ELH*, Vol. 24, No. 2 (June 1957): 153－163.

［137］Parrish, Stephen Maxfield. "The Wordsworth － Coleridge Controversy" ［J］. *PMLA*, Vol. 73, No. 4 (Sept. 1958): 367－374.

［138］Parrish, Stephen Maxfield. *The Art of the "Lyrical Ballads"* ［M］. Cambridge: Harvard UP, 1973.

［139］Parrish, Stephen Maxfield. "The Worst of Wordsworth" ［J］. *The Wordsworth Circle* 7 (1976): 89－91.

[140] Paulin, Roger. *The Critical Reception of Shakespeare in Germany* [*STBX*] 1682 – 1914: *Native Literature and Foreign Genius* [M]. New York: George Olms, 2003.

[141] Patterson, Annabel. "Wordsworth's Georgic: Genre and Structure in The Excursion" [J]. *The Wordsworth Circle* 9 (1978): 75 – 82.

[142] P? ggeler, Otto. *Heidegger und Die Hermeneutische Philosophie* [M]. Freiburg: Karl Alber, 1983.

[143] Powell, Jeffrey, ed. *Heidegger and Language* [M]. Bloomington & Indianapolis: Indiana UP, 2011.

[144] Ramsey, Jonathan Robert. *Wordsworth and the Aesthetics of Silence* [M]. Ph. D. dissertation. University of California, Riverside, 1972.

[145] Randel, Fred V. "Wordsworth's Homecoming" [J]. *Studies in English Literature* 17 (1977): 579 – 591.

[146] Reed, Arden, ed. *Romanticism and Language* [M]. Ithaca and New York: Cornell UP, 1984.

[147] Reed, Mark L., "Wordsworth, Coleridge and the Plan of the Lyrical Ballads" [J]. *University of Texas Quarterly* 34 (1964 – 5): 238 – 253.

[148] Regier, Alexander, and Stefan H. Uhlig, eds. *Wordsworth's Poetic Theory: Knowledge, Language, Experience* [M]. Hampshire and New York: Palgrave Macmillan, 2010.

[149] Regier, Alexander. *Fracture and Fragmentation in British Romanticism* [M]. New York: Cambridge UP, 2010.

[150] Richter, David H., ed. *The Critical Tradition: Classic*

Texts and Contemporary Trends ［M］. 3rd ed. Boston: Bedford/ST. Martin's, 2007.

［151］Robinson, Henry Crabb. *The Diary of Henry Crabb Robinson* ［M］. Ed. Derek Hudson. Oxford: Oxford UP, 1967.

［152］Robinson, Henry Crabb. "The Editor as Archaeologist" ［J］. *Kentucky Review* 4 (1983): 3 – 14.

［153］Roe, Nicholas. *Wordsworth and Coleridge: The Radical Years* ［M］. Oxford: Oxford UP, 1988.

［154］Roe, Nicholas. *The Politics of Nature: Wordsworth and Some Contemporaries* ［M］. London: Palgrave Macmillan, 1992.

［155］Sales, Roger. *English Literature in History 1780 – 1830: Pastoral and Politics* ［M］. London: Hutchinson, 1983.

［156］Saul, Nicholas, ed. *The Cambridge Companion to German Romanticism* ［M］. Cambridge: Cambridge UP, 2009.

［157］Saussure, Ferdinand de. *Course in General Linguistics* ［M］. Eds. Charles Bally and Albert Sechehaye. Trans. Wade Baskin. New York: Philosophical Library, 1959.

［158］Schlegel, August Wilhelm. *Kritische Schriften und Briefe* ［M］. Ed. Edgar Lohner. Stuttgart: W. Kohlhammer, 1962.

［159］Schlegel, Carl Friedrich. *Kritische Schriften und Fragmente* ［M］. Eds. Ernst Behler and Hans Eichner. 6 vols. Paderborn: Sch? ningh., 1988.

［160］Schlegel, Carl Friedrich. *Transcendental Philosophie* ［M］. Ed. Michael Els? sser. Hamburg: Felix Meiner Verlag, 1991.

［161］Selincourt, Ernest de., ed. *The Early Letters of William and Dorothy Wordsworth: 1787 – 1805* ［M］. London: Oxford UP,

1935.

[162] Selincourt, Ernest de. , ed. *Letters of William and Dorothy Wordsworth: The Early Years, 1787 - 1805* [M] . Revd. Chester L. Shaver. Oxford: Clarendon Press, 1967.

[163] Selincourt, Ernest de. , ed. *The Letters of William and Dorothy Wordsworth: The Later Years* [M] . (6 vols.) . Revd. Alan G. Hill. Oxford: Oxford UP: 1978 – 1988.

[164] Sharpe, Lesley. *Schiller's Aesthetic Essays: Two Centuries of Criticism* [M] . Columbia: Camden House, 1995.

[165] Sharpe, Michele Turner. "Re – Membering the Real, Dis (re) membering the Dead: Wordsworth's ' Essays upon Epitaphs ' " [J] . *Studies in Romanticism* 34 (1995): 273 – 292.

[166] Shelley, Percy Bysshe. *Complete Poetical Works* [M]. Eds. Donald H. Reiman, et al, 10 vols. Baltimore: The Johns Hopkins UP, 2000.

[167] Simpson, David. *Wordsworth's Historical Imagination: the Poetry of Displacement* [M] . New York: Routledge, 1987.

[168] Steiner, George. *After Babel: Aspects of Language and Translation* [M] . London: Oxford UP, 1975.

[169] Steiner, George. *Language and Silence: Essays and Notes, 1958 – 66* [M] . Harmondsworth: Penguin, 1969.

[170] Stevenson, Lionel. "Wordsworth's Unfinished Gothic Cathedral. " [J] . *University of Toronto Quarterly*, 32 (1963): 170 – 183.

[171] Stillinger, Jack. "Textual Primitivism and the Editing of Wordsworth. " [J] . *Studies in Romanticism* 28 (1989): 3 – 28.

[172] Thomas, Edward. *A Literary Pilgrim in England* [M].

New York: Dodd, Mead and Company, 1917.

[173] Thomas, Edward. *A Language Not to Be Betrayed: Selected Prose of Edward Thomas* [M]. Ed. Edna Longley. New York: Persea Books, 1981.

[174] Ulmer, William A. "The Society of Death in 'Home at Grasmere'" [J]. *Philosophical Quarterly* 75 (1996): 67 – 83.

[175] Vandevelde, Pol. *Heidegger and the Romantics: the Literary Invention of Meaning* [M]. New York: Routledge, 2012.

[176] Vossler, Karl. *The Spirit of Language in Civilization* [M]. Trans. Oscar Oeser. New York: Harcourt, Brace & Co, 1932.

[177] Weiskel, Thomas. *The Romantic Sublime: Studies in the Structure and Psychology of Transcendence* [M]. Baltimore: Johns Hopkins UP, 1976: 167 – 204.

[178] Weiler, Gershon. *Mauthner's Critique of Language* [M]. Cambridge: Cambridge UP, 1971.

[179] Williams, John. *Wordsworth Translated: A Case Study in the Reception of British Romantic Poetry in Germany 1804 – 1914* [M]. London and New York: Continuum, 2009.

[180] Williams, Raymond. *The Country and the City* [M]. London: Chatto & Windus, 1975.

[181] Wolfson, Susan J. "The Illusion of Mastery: Wordsworth's Revisions of 'The Drowned Man of Esthwaite', 1799, 1805, 1850." [J]. *PMLA*, Vol. 99, No. 5 (Oct., 1984): 917 – 935.

[182] Woof, Robert, ed. *William Wordsworth: The Critical Heritage*, Vol. 1 (1793 – 1820) [M]. London: Routledge, 2001.

[183] Wordsworth, Jonathan. *The Music of Humanity: A Critical*

Study of Wordsworth's "Ruined Cottage" [M]. London: Thomas Nelson and Sons, 1969.

[184] Wordsworth, Jonathan. "Wordsworth: The Creative Conditions."[M] // *Twentieth – Century Literature in Retrospect*. Ed. Reuben A Brower. Cambridge, Mass. : Harvard UP, 1971.

[185] Wordsworth, Jonathan, and Stephen Gill. "The Two – Part Prelude of 1798 – 99." [J] *Journal of English and Germanic Philology* 72 (1973): 503 – 525.

[186] Wordsworth, Jonathan. "The Five – Book Prelude of Early Spring 1804." [J]. *The Journal of English and Germanic Philology*, Vol. 76, No. 1 (Jan. 1977): 1 – 25.

[187] Wordsworth, Jonathan. *William Wordsworth: The Borders of Vision* [M]. Oxford: Oxford UP, 1982.

[188] Wordsworth, William. *The Poetical Works of William Wordsworth* [M]. Eds. Ernest de Selincourt and Helen Darbishire. 5 Vols. Oxford: Clarenton Press, 1940 – 1949.

[189] Wordsworth, William. *The Prelude* [M]. Ed. Ernest de Selincourt. 2nd ed. Rev. H. Darbishire. Oxford: Oxford UP, 1959.

[190] Wordsworth, William. *Literary Criticism of William Wordsworth* [M]. Ed. Paul M. Zall. Lincoln and Nebraska: U of Nebraska P, 1966.

[191] Wordsworth, William. *The Prose Works of William Wordsworth* [M]. Eds. W. J. Owen and Jane Worthington Smyser. 3 vols. Oxford: Clarendon Press, 1974.

[192] Wordsworth, William. *The Prelude: 1798 – 1799* [M]. Ed. Stephen Maxfield Parrish. Ithaca: Cornell UP, 1977.

［193］Wordsworth, William. *The Prelude: 1799, 1805, 1850* ［M］. Eds. Jonathan Wordsworth, M. H. Abrams and Stephen Gill. New York: W. W. Norton & Company, 1979.

［194］Wordsworth, William. *"The Tuft of Primroses", with Other Late Poems for "The Recluse"* ［M］. Ed. Joseph F. Kishel. Ithaca: Cornell UP, 1986.

［195］Wordsworth, William. *"Lyrical Ballads" and Other Poems 1797 – 1800* ［M］. Eds. James Butler and Karen Green. Ithaca: Cornell UP, 1992.

［196］Wordsworth, William. *The Prelude: The Four Texts* (1798, 1799, 1805, 1850) ［M］. Ed. Jonathan Wordsworth. London: Penguin, 1995.

［197］Wordsworth, William. *The Excursion* ［M］. Eds. Sally Bushell, et al. Ithaca: Cornell UP, 2007.

［198］Wu, Duncan. "Editing Intentions" ［J］. *Essays in Criticism* 41 (1997): 1 – 10.

［199］Wu, Duncan. ed. *A Companion to Romanticism* ［M］. Oxford: Blackwell Publishers, 1998.

［200］Zhang, Longxi. *The Tao and the Logos: Literary Hermeneutics, East and West* ［M］. Durham: Duke UP, 1992.

［201］Ziarek, Krzysztof. *Language after Heidegger* ［M］. Bloomington & Indianapolis: Indiana UP, 2013.

二、中文著作

［1］卞之琳，编译. 英国诗选 ［M］. 北京：商务印书馆，2005.

［2］卡尔·施密特.政治的浪漫派［M］.刘小枫，译.上海：上海人民出版社，2016.

［3］丁宏为.海边的阅读——关于浪漫主义文学的一种构思［J］.外国文学评论，2001（1）：5－13.

［4］冯友兰.中国哲学史［M］.上海：华东师范大学出版社，2018.

［5］弗里德里希·席勒.审美教育书简［M］.张玉能，译.南京：译林出版社，2009.

［6］李玲.悲哀·聪慧·快乐——论华兹华斯《塌毁的农舍》中的地方与悲情［J］.外国文学，2011（2）：46－53.

［7］刘意青.英国18世纪文学史［M］.北京：外语教学与研究出版社，2006.

［8］吕迪格尔·萨弗兰斯基.荣耀与丑闻：反思德国浪漫主义［M］.卫茂平，译.上海：上海人民出版社，2014.

［9］马丁·海德格尔.尼采：上下卷［M］.孙周兴，译.北京：商务印书馆，2009.

［10］马丁·海德格尔.形而上学导论［M］.熊伟，王庆节，译.北京：商务印书馆，2010.

［11］马丁·海德格尔.在通向语言的途中［M］.孙周兴，译.北京：商务印书馆，2013.

［12］马丁·海德格尔.林中路［M］.孙周兴，译.上海：上海译文出版社，2014.

［13］马丁·海德格尔.荷尔德林诗的阐释［M］.孙周兴，译.北京：商务印书馆，2016.

［14］马丁·海德格尔.存在与时间［M］.陈嘉映，王庆节，译.北京：生活·读书·新知三联书店，2018.

［15］马海良．后结构主义［M］//赵一凡．西方文论关键词．北京：外语教学与研究出版社，2011：167－175.

［16］盛宁．人文困惑与反思：西方后现代主义思潮批判［M］．北京：生活·读书·新知三联书店，1997.

［17］孙周兴．语言存在论——海德格尔后期思想研究［M］．北京：商务印书馆，2011.

［18］王庆节．解释学、海德格尔与儒道今释［M］．北京：中国人民大学出版社，2004.

［19］王佐良．英国诗史［M］．南京：译林出版社，1997.

［20］王佐良．英国诗选［M］．上海：上海译文出版社，2011.

［21］王佐良．英诗的境界［M］．北京：生活·读书·新知三联书店，2012.

［22］王佐良．论契合［M］．梁颖，译．北京：外语教学与研究出版社，2015.

［23］王佐良．英国浪漫主义诗歌史［M］．北京：生活·读书·新知三联书店，2018.

［24］威廉·华兹华斯．湖畔诗魂——华兹华斯诗选［M］．杨德豫，译．北京：人民文学出版社，1990.

［25］威廉·华兹华斯．华兹华斯抒情诗选［M］．黄杲炘，译．西安：陕西师范大学出版总社，2016.

［26］威廉·华兹华斯．序曲或一位诗人心灵的成长［M］．丁宏为，译．北京：北京大学出版社，2017.

［27］萧师毅．海德格尔与我们［J］．池耀兴，译．世界哲学，2004（02）：98－102.

［28］谢默斯·希尼．希尼三十年文选［M］．黄灿然，译．杭

州：浙江文艺出版社，2018.

[29] 雅克·德里达. 多义的记忆——为保罗·德曼而作 [M]. 蒋梓骅，译. 北京：中央编译出版社，1999.

[30] 叶维廉. 中国诗学（增订版）[M]. 合肥：黄山书社，2016.

[31] 张剑. 英国浪漫主义诗歌与生态批评 [J]. 外国文学，2012（3）：123-133.

[32] 张剑. 西方文论关键词：田园诗 [J]. 外国文学，2017（2）：83-92.

[33] 张隆溪. 中西方文化研究十论 [M]. 上海：复旦大学出版社，2005.

[34] 张隆溪. 道与逻各斯：东西方文学阐释学 [M]. 冯川，译. 南京：江苏教育出版社，2006.

[35] 张旭春. 现代性：浪漫主义研究的新视角 [J]. 国外文学，1999（4）：11-20.

[36] 张旭春. 革命·意识·语言——英国浪漫主义研究中的几大主导范式 [J]. 外国文学评论，2001（1）：116-127.

[37] 张旭春. 《采坚果》的版本考辩与批评谱系 [J]. 外国文学评论，2006（1）：59-70.

[38] 张旭春. 没有丁登寺的《丁登寺》：英国浪漫主义研究中的新历史主义范式 [J]. 国外文学，2003（2）：52-56.

[39] 章燕. 自然的想象与现实——略评《廷腾寺》的新历史主义研究 [J]. 外国文学评论，2010（4）：65-79.

[40] 章燕. 英国浪漫主义诗歌研究在后现代文化视阈中的多元走向 [J]. 外国文学研究，2003（5）：140-146.

[41] 章燕. 试论华兹华斯诗歌中非理性想象因素及其折射出

的语言观［J］．国外文学，2011（1）：82－91.

　　［42］章燕．新中国 60 年华兹华斯研究之考察与分析［J］．北京大学学报（社科版），2012（3）：101－108.

　　［43］朱光潜．诗论［M］．武汉：武汉大学出版社，2008.

　　［44］朱玉．华兹华斯与"视觉的专制"［J］．国外文学，2011（2）：61－72.

　　［45］朱玉．"当他在无声中／倾听"——华兹华斯"温德米尔少年"片段中的倾听行为［J］．外国文学评论，2012（3）：87－98.

后记　多萝茜·华兹华斯在圣诞节的生日

《多萝茜·华兹华斯在圣诞节的生日》（"Dorothy Wordsworth's Christmas Birthday"）是英国前桂冠诗人卡萝尔·安·达菲（Carol Ann Duffy）的一首叙事诗，作于2014年圣诞节前夕。诗人在华兹华斯兄妹与柯勒律治真实关系的基础上加入想像，讲述一个发生在1799年圣诞节的故事。

多萝茜·华兹华斯出生在1771年的圣诞节，1799年已经二十八岁依然单身的她，与兄长威廉·华兹华斯搬进英格兰西北部湖区的一座房子里，这房子叫"鸽舍"。早在1798年，华兹华斯与柯勒律治合作出版《抒情歌谣集》，开启英国诗歌史上著名的浪漫主义时代。而到了19世纪初，以华兹华斯和柯勒律治为首的一群诗人，因为居住在湖区创作诗歌而被称为湖畔诗人。1799年前后，柯勒律治正在德国各大学游历，研习诗歌和哲学，大约1800年回到英国，之后才在湖区附近定居，因而不大可能与华兹华斯兄妹共渡1799年圣诞节。这些史实，与达菲要表达的意思关系不大，可以暂且不谈。需要注意的是：诗歌既然与诗人有关，就一定离不开诗歌创作。

比如诗中的景色描写。故事一开始，多萝茜在鸽舍等待圣诞节的到来。户外天寒地冻，草木结霜、湖面结冰，远处的山峦笼罩在黑暗中，似乎在酝酿一场大雪。这个万籁俱寂、空气凝滞的世界，与创作时苦思冥想、等待灵感的状态十分相似。达菲的原文如下：

> 冰，像把寒冷的钥匙，
>
> 在湖面上了锁；
>
> 不知所措的群星困在那儿。

> 黑暗，一只手静止放在
>
> 山峦的琴弦上；
>
> 奇怪的词写着"一动不动"。

> 无声的风景；
>
> 对下雪有微微的恐惧，
>
> 屏住呼吸。

美国诗人罗伯特·弗洛斯特有一首《荒芜之地》（"Desert Places"），讲述诗人在一个雪夜路过寂静荒野的经历。茫茫荒野极目望去，除了夜色和雪，什么也看不见。他形容这是"一片无字的白色"，"什么表情都没有，也似乎不想表达什么。"诗人相信，眼前的这片空地并不可怕，与之相比，内心深处的一种荒芜更令人惶恐。这个"荒芜"说的正是缺少灵感、创作停滞时的空虚与迷茫。在达菲的诗里，冰为湖面上锁、群星不知所措，以及寂静、一动不动的世界，说的也是这种状态。

多萝茜做好了早餐的准备工作：擦拭一新的餐桌，盛满奶油的水壶，摆放整齐的餐具，一条长圆形的白色面包，简直是一幅完美的静物画。窗台上停着一只知更鸟，"名声全在歌里藏。"这说的难道不是诗人的命运吗？此时的华兹华斯在哪儿呢？

> 华兹华斯躺在床上

穿睡衣戴睡帽。

想到"一群"和"白云"可以押韵。

而脚边的猫咪

舔着黑白相间的毛

韵脚是"喵"和"喵"。

华兹华斯正在构思的应该是那首著名的《我好似一朵孤独的流云》（"I Wandered Lonely as a Cloud"）：

我好似一朵孤独的流云，

高高地飘游在山谷之上，

突然我看见一大片鲜花，

是金色的水仙遍地开放；

（王佐良译）

这里又是一个不符合史实的例子：多萝茜在《格拉斯米尔湖区日记》（The Grasmere Journals）记录，她与华兹华斯邂逅这群水仙花是在1802年四月。而这首诗实际创作于1804年，直到1807年才正式发表。

此刻的柯勒律治正往鸽舍走来，女主人多萝茜穿戴整齐前去迎接。门前升起清晨第一缕"缓缓清晰的光"，就像"一首诗的开篇，/带着方言的特点。"一个小时之后，她将年老一岁。柯勒律治走过坎伯兰形状各异的山岩，它们一会儿是狮子，一会儿是绵羊，一会儿又是弹钢琴的老妇人。他还路过圣奥斯瓦尔德教堂的墓地，华兹华斯兄妹去世后将葬在这里：

不说彼时彼处；现在这里

多萝茜的身影出现

前来迎接，

她身穿深紫色罩袍，
皮靴，戴着软帽和披巾，
呼出白汽。

她和他彼此挽扶
一路走回鸽舍；
那里炖着加了香料的苹果汤

　　稍后，两位诗人和多萝茜来到湖上溜冰。太阳正缓缓升起，景物越来越清晰，新的一天到来预示一首诗的诞生：

他们走向湖畔，
华兹华斯像孩子一样溜冰，
在这人间的天堂；

一轮橘红色的太阳
照亮此刻
变成手稿。

因而多萝茜的礼物
就是山峦金色的轮廓
和焕然一新的树木；

　　到目前为止，达菲已经讲完了诗的创作过程。但作为一名女性，她还有些话不得不说。读过《格拉斯米尔湖区日记》的人知道，多萝茜是一位才女，一辈子活在兄长的盛名之下：花费时间和

精力料理诗人的起居、抄写诗稿，养育、照顾孩子。而华兹华斯的诗，是给多萝茜的唯一补偿，是珍贵的生日礼物。此时另一位诗人

> 柯勒律治在岩石上，
> 点燃烟斗，祈愿的烟
> 在空气中上升……

> 拿不出更好的东西——
> 看得入迷，因此，她的目光，
> 记住这一切。

文坛如人生，有人得意就有人失意，桂冠诗人华兹华斯无疑是前者，柯勒律治则是后一种情况。除了多萝茜孤独的一生，两位诗人的关系也让达菲如鲠在喉。

与华兹华斯结识的时候，柯勒律治已经成名。他钦佩华兹华斯的才能，再加上早已厌倦诗歌创作而志在哲学，便公开表示彻底放弃写诗，把创作崇高与深奥诗歌的事留给华兹华斯去做，赞誉与信任之情溢于言表。所以，达菲在诗里说："拿不出更好的东西，看得入迷。"当多萝茜用目光"记住这一切"，也许是达菲希望当事人记住这一天，因为这段伟大的友谊也将在未来的某个时候走到尽头。

诗人们和多萝茜回到鸽舍，餐厅是一副暖意融融的节日场景：

> 晚些时候，灯光亮起
> 客厅里，鸡尾酒冒着热汽
> 在铜制的盘子里。

> 节日大餐：羊肉馅饼
> 黄油萝卜，土豆

一只哈利法克斯鹅。

趁着诗人们与多萝茜正享用大餐：不妨来回顾一下这段友谊。华兹华斯与柯勒律治甜蜜的友谊开始于 1797 年六月初，那时柯勒律治蹦蹦跳跳地踏上湖区人迹罕至的田野，走向华兹华斯一家位于多赛特郡的住处，一个伟大的时代即将开始。当时拜访过两位诗人的赫兹列特，也感觉到一种新的诗歌形式和精神即将诞生。

那时柯勒律治是华兹华斯的写作和哲学导师，是他在《序曲》中念念不忘的"友人"。然而在此后的十几年中，柯勒律治的创作状态时好时坏，与华兹华斯兄妹的关系日趋冷淡。1814 年华兹华斯出版新作《远游》，在评论界引起轩然大波。华兹华斯一面发文辩护，一面竭力否认曾受到柯勒律治的影响，试图让人们相信，他有一套成熟的哲学体系，足以支撑起所有创作。柯勒律治随后公开回应，就这样，一段文学史上伟大的友谊变成了一桩"丑闻"。

晚年的华兹华斯与柯勒律治达成谅解，诗歌风格逐渐向对方靠近，似乎开始怀念青年时代的热情和理想。到了现在，研究华兹华斯的学者感觉有义务偶尔讲讲这件事，柯勒律治的读者始终义愤难平。达菲应该属于后者，在她的诗里，即使在诗人与华兹华斯小姐用餐的快乐时刻，字里行间也依然有种伤感的情绪：

　　柯勒律治羞红的脸，
　　在多萝茜心中
　　再也没那时生动。

一群吟游诗人在外面敲门、讨酒喝，多萝茜的沉思被打断。他们和吟游诗人一起喝酒、唱起圣诞颂歌。达菲的思绪早已飘到多年以后：

　　彼此抱在一起，
　　华兹华斯小姐和诗人们，

大声喊出颂歌；

他们的声音飘荡，
1799 年，
飘向何处，飘向何处……

多萝茜·华兹华斯在圣诞节的生日
卡罗尔·安·达菲

首先，午夜的时候下了霜 —
月亮、金星、木星
定在它们各自的位置。

冰，像把寒冷的钥匙，
在湖面上了锁；
不知所措的群星困在那儿。

黑暗，一只手静止放在
山峦的琴弦上；
奇怪的词写着"一动不动"。

无声的风景；
对下雪有微微的恐惧，
屏住呼吸。

起身，在门前出神，

多萝茜·华兹华斯老了
一个钟头里老了一岁；

她的圣诞礼物
一只猫头鹰声声叫着，
眼睛圆得像表盘，计时员。

家里，兴奋的炉火
越烧越旺；愉快的手
敲开木炭。

因为她无法入睡，
多萝茜，非常兴奋，
等着早晨到来……

缓缓清晰的光，
就像一首诗的开篇，
带着方言的特点。

大步走向黎明，
塞缪尔·泰勒·柯勒律治
大口饮着波特酒，

哼一首无意义的曲子。
赫尔姆峭壁以声速
学会并重复。

山岩的形状 ——
像弹钢琴的老妇人，
一头狮子，一只绵羊。

而且，独自前来，
他一脚一滑地走在银色的小巷
迎来了一抹朝阳；

铃声欢快地响起，
正如他心中的情绪，
铃声来自圣奥斯瓦尔德教堂。

青草上新结的白霜
华兹华斯兄妹未来的墓地
这事儿下次再说。

不说彼时，彼处；现在，这里，
多萝茜的身影出现
前来迎接，

她穿着深紫色罩袍，
皮靴，戴着软帽和披巾，
呼出白汽。

她和他彼此搀扶

一路走回鸽舍；
那里炖着加了香料的苹果汤。

华兹华斯躺在床上
穿睡衣戴睡帽。
想到"一群"和"白云"可以押韵。

而脚边的猫咪
舔着黑白相间的毛，
她的韵脚是"喵"和"喵"。

餐桌，
准备迎接圣诞大餐
想像一下那种静物画一般的景象：

褐色的水壶盛满奶油，
碗与勺子的平静，
一条长圆形的白色面包。

一只温顺的知更鸟，
鲜红似火站在窗台，
名声就在歌里藏。

他们走向湖畔，
华兹华斯像孩子一样溜冰，
在这人间的天堂；

一轮橘红色的太阳
照亮此刻
变成手稿；

因而多萝茜的礼物
就是山峦金色的轮廓，
和焕然一新的树木；

柯勒律治在岩石上，
点燃烟斗，祈愿的烟
在空气中上升……

拿不出更好的东西 ——
看得入迷，因此，她的目光，
记住这一切。

晚些时候，灯光亮起
客厅里，鸡尾酒冒着热汽
在铜制的盘子里。

节日大餐：羊肉馅饼
黄油萝卜，土豆，
一只哈利法克斯鹅。

柯勒律治羞红的脸，

在多萝茜心中
再也没那时生动。

门廊有靴子的吵闹声
门上结实的一次重击
吟游诗人们来了，

摇晃他们的锡杯
一曲圣诞的颂歌之后
讨一勺免费的麦芽酒……

给我们拿好的麦芽酒来吧，
因为那杯一饮而尽 — 哦！
给我们拿好的麦芽酒来吧……

彼此抱在一起，
华兹华斯小姐和诗人们，
大声喊出颂歌；

他们的声音飘荡，
1799 年，
飘向何处，飘向何处……

（王冬菊译）